Gerhard Kemme

Eine abgedrehte Schiebung am Rande der Galaxie

MIX
Papier aus verantwortungsvollen Quellen
Paper from responsible sources
FSC® C105338
FSC
www.fsc.org

Kemme, Gerhard
Eine abgedrehte Schiebung am Rande der Galaxie
Herstellung und Verlag: Books on Demand GmbH,
Norderstedt 2009
ISBN-13: 9783837090024

Originalausgabe
© 2. Auflage, Herstellung und Verlag:
Books on Demand GmbH,
Norderstedt 2009
Alle Rechte vorbehalten

Inhaltsverzeichnis:

Einführung

Wo soll das noch hinführen? Antworten gibt es viele - wird es viele geben. Die literarische Gattung des utopischen Romans oder der utopischen Geschichte reicht von der Darstellung menschlicher Idealgesellschaften, wirklichkeitsfernen Schwärmereien, bis hin zu wissenschaftlichen und technischen Zukunftsträume. Geschichten, um solche handelt es sich bei den nachfolgenden Prosatexten, sind kürzer als Romane, reißen ein Geschehen nur kurz an und kommen meistens zu einer überraschenden Pointe. Gewürzt mit Spannung und Humor, entwickeln sich faszinierende Blicke in menschliche Welten der Gegenwart und Zukunft.

Exkursion zum frischen Lack der neuen Zeit

"Da liegt sie, eine Mercator-Projektion der Erde!" Der zerblätterte Atlas riss die Forscher aus ihrer Lethargie. Farbige Markierungen wiesen auf ungewöhnliche Ereignisse der physikalischen Größe Zeit. Forcierte und retardierte Zeit, rückwärtslaufende Stunden und parallele Zeittunnel galten als Grundvokabular dieses zeitlichen Vermessungstrupps. Arndt Schmidt, der Expeditionsvorstand, zog den Riemen an seinem Tropenhelm stramm und besprach mit Kundschaftern den Weg zum ersten Explorations-Feld.

Bei der Ortschaft Potemkin gab es einen Kirchentag zum Thema: "Kirche an der Singularität der Zeit". Professionelle Zeitkundige tanzten dort zum Song "Through the Gate of Time" am Straßenrand. Das Mikrofon sog gierig Liedfetzen in den Rekorder.

"Am Puls der Zeit, Impuls uns kickt, ewig scheint der Augenblick."

Vor einer weiten Wiesenlandschaft sammelten Jung-Gemeinden das Eintritts-Geld in den Kassenhäusern.

"In die Altstadt wollen sie? Gleich rennen Sie sich den Schädel ein."

Keine Beule! Der Helm des Doktors war zum Glück tief in die Stirn gezogen gewesen. Die schillernde Stadt der Zukunft in der Vergangenheit war weg. Teile der Stadtmauer waren von neureichen Bürgern mit Unsichtbarkeits-Folien der Firma "ALL-TV" verkleidet worden. Mitglieder des Stadtrates erläuterten die flexiblen Bildschirmwelten: "Beliebig und jederzeit können wir den Hintergrund vorne abbilden und dadurch alle Gegenstände, die mit solchen Bildschirmfolien verkleidet sind, unsichtbar werden lassen."

Gesagt, getan. Plötzlich standen die Besucher wieder alleine da. Nur Stimmen hallten noch.

Nun könne man eine Exposition zum Thema flexible Zeitwechsel sehen. Die Gäste erlebten es live an einem Fachwerkhaus mit. Erst prunkte es in altehrwürdiger Gediegenheit, dann weideten Kühe auf einer Weide, plötzlich entfaltete sich ein Glaspalast.

Der verantwortliche Architekt deutete auf sein Glanzprodukt und erwähnte die zentrale Wichtigkeit von Fassaden bei modernen Gebäuden: "Äußerlichkeiten können wir gestalten, die Innenarchitektur macht Fräulein Hansen."

Hanni und Hanniball

"Ballerinen des Universums" nannten sich einige junge Frauen, die sich einmal wöchentlich meterhoch über dem Boden ihrer spiralförmigen Großraumstation trafen.

"Ja, heute tagen wir wieder choreographisch ohne Gravitation", meldeten sie sich von ihren häuslichen Pflichten und Berufstätigkeiten ab.

Spaziergänger auf diesem Kunstplaneten mit dem Namen "Rotation 5" sahen von unten einen Ring Athletinnen beim Ballspiel. Hanni, eine leitende Sozialarbeiterin, hatte ihren noch in der Ausbildung zum Stratosphärenhund befindlichen Kampfhund Hanniball mitgebracht. Mitten im Kreis jagte er dem diagonal gespielten Leder nach, um so seine Beweglichkeit bei Schwerelosigkeit unter Beweis zu stellen. Jemand spielte den Ball zu Hanni, aber Hanniball war schneller und grätschte wie ein Fußballer in die Ballannahme. "Last Point!" Hanniball hatte das A-Level-Testat bestanden. Durch die Schaumhülle des spiralförmigen Kunstplaneten drangen hell wärmende Sonnenstrahlen. Langsam kreiste die Station und erzeugte so künstliche Schwerkraft für alle Lebewesen auf der Innenseite. Durch Sprint gegen die Drehrichtung und Absprung vom Boden konnte man sich vom Untergrund lösen und dann in der Schwerelosigkeit schweben. Alle Außenbereiche der Station waren von einer sich stetig ergänzenden Hülle aus großblasigem Sauerstoffschaum bedeckt, so dass auf hinderliche Atemgeräte verzichtet werden konnte.

Hanni und Hund warteten in der Luft bis der Kirchturm sich unter sie geschoben hatte. Durch das geöffnete Ornamentfenster plumpsten sie auf die letzte Bank.

"Kelly, der Schläger", ein Video, wurde auf dem Altar-Monitor abgespielt. Diese Gemeinde konnte sich an Lästercomics nicht satt sehen. Kelly liebte Auftritte live. Plötzlich war er da und ließ seine Anhänger breitbeinig Ausgang und Empore besetzen. Hanni zwinkerte mit den Augen und fragte beruhigend: "Sind alle Organspender-Ausweise okay?"

Hanniball schleckte Weihwasser und Kelly gluckerte Messwein. Die Glocke läutete und der Pfarrer rettete betend: "Vater unser, der Du bist im Himmel, Dein Reich komme, Dein Wille geschehe, wie im Himmel so auf Erden."

Stella, eine Schäferhündin mit B-Level-Testat, war in ihre Mechanikflügel hinein geschlüpft und zerrte an einem Balken, der sich im Geläut des Kirchturms festgeklemmt hatte. Hanniball sprintete gegen die Drehrichtung und drückte die Klamotte zum Recycling.
Hanni wollte als verantwortliche Sozial-Arbeiterin der

Gemeinde den Vorfall melden, doch ihr Display blinkte nur: "Keine Meldung möglich!" Der Club "Easy Enemy" aus der 27. Weltraum-Region hatte wieder ein Störmanöver mit Massen-Mails veranstaltet und alle Meldekanäle verstopft.

"Gib doch Blinksignale", rieten Techniker ihr.

Im Great Orient parodierte ein hagerer Hanfbauer die Lebensäußerungen anderer Gäste mit Zügen aus der Wasserpfeife. Sein ausgemergelter Arm zog Hanni hinter den roten Baldachin: "Wann gehst du zum Beschleunigungsgeschwader?" "Morgen, dann drei Jahre auf Hochgeschwindigkeit und mit dem Roboter-Kreuzer quer durch den Hyperraum. Mein Auftrag lautet: Persönliche Verbindungsaufnahme zum galaktischen Außenposten."

Wenig später war es dann so weit. Hanni befand sich mit ihrem Hund wieder auf Reisen. Hanniball und Ideefix, der kleine Bordhund, tobten bellend durch die Grünanlagen des riesigen Beschleunigungstransporters.

"Raumlehre" nannte der Dozent beim Unterricht seine Anstrengungen um Hannis Geisteszustand. Im vierdimensionalen Hyperraum möchte man Ortsvektor sein, vier Komponenten, kein Raum ohne Zeit. Der Mensch als zweidimensionales Wesen der Erdoberfläche nutzte nunmehr das Weltall ohne Störgravitation. Hanni und Hanniball würden als biologische Wesen den Hochgeschwindigkeitsraum überwinden und zurückkehren. Das Treffen bei einem Zehntel der Lichtgeschwindigkeit war schwierig und nur per Medium möglich. Im medialen Navigations-Raum schwebte eine virtuelle Vision der Galaxis.

"Über Raum und Zeit durch die Ewigkeit", sangen die Astronauten und Astronautinnen. Das trampelnde "Go!

Go! Go!" der Fallschirmjäger riss alle mit. Die Chefnavigatorin, eine blonde, schlanke junge Frau, strich als Ruhe-Geste mit ihrem Arm über die Besatzung. Da war er! Der Roboter-Kreuzer ankerte versteckt in einem Gravitationskanal. Frau und Hund wechselten zum Hyperkreuzer.

Die Roboter dort hatten irgendein uraltes Programm geladen und verkleideten sich mit Mütze und Schal. Nur Hanniball setzte sich ein bordeauxrotes Barett auf. Alle pressten sich in die tiefen Sessel und die Automaten klinkten sich als Module in die Aggregate. Beschleunigungs-Schübe verzehnfachten das Eigengewicht.

"Wessen-Wesen aus 10 Uhr, 0 Grad!", alarmierte das Beobachtungs-Modul die biologischen Existenzen akustisch.

Schillernde, feinstoffliche Wolken schoben sich von links heran. Der Gefechtsrudergänger nahm zu den Schubverstellungen Fühlung auf und versuchte mit rasanten Kampfsprüngen den Angriffen zu entgehen.

Gefechtsdebatte Wessen-Wesen: "Nur im Hochgeschwindigkeitsraum. Netzbildungen durch räumliche Wolken, die aus mikromechanischen Teilen bestehen und entlang von intelligent gesteuerten Feldlinien operieren. Diese Wesen reagieren wahrnehmbar auf Verkleidungen und versuchen die Identität des Gegners anhand seiner Wesensart zu bestimmen."

Hanniball schlüpfte in ein Kampfhunde-Halsband und schob sich ein Apfelscheibchen hinter die Kiemen. Nur noch "Hände-Hoch" signalisierende Wolken: Die Passage war geöffnet.

Kurze Zeit später erlebten sie die Ankunft auf den Experimentalplattformen. Riesige Informationsvolumina füllten diese Region des Weltraums. Gigantische Rohranlagen spülten Mengen von Urschlammhäkchen in die datengenerierenden Verwirbelungen. Klumpen mit immer höheren Bit-Mannigfaltigkeiten entstanden.

"Kann Gold machen, will aber nicht. Es saugt Feinmaterie per Energie und produziert Granitblöcke."

Ein sonnengleicher Feuerball gab längliche Felsbrocken frei, die sich zu einem Schriftzug formierten: HANNI UND HANNIBALL.

Hanni kam aus dem Staunen gar nicht mehr heraus. Auch auf der anderen Seite leuchteten künstlich erzeugte Kernfusionen am Himmel. Aus riesigen Rohrleitungen strömten Granulatmischungen und Metalle in die strahlenden Kunstsonnen. Wenn es zu heiß wurde, zogen Raumschlepper die Plattformen auf Sicherheits-Distanz. Manchmal vertrugen diese "Sternchen" ihre Mischung nicht und reagierten mit spürbaren Schockwellen. Hanniball bellte und knurrte ohne Ende. Die Lebensbedingungen für Frau und Hund waren schlechter als auf "Rotation 5", ihrer vorigen künstlichen Heimstatt im All. Da es keine Schwere erzeugende Zentrifugalkraft gab, konnten beide sich nur hangelnd und mit Körperzuckungen fortbewegen.

Hanniball vermisste sein Spielfeld, während Hanni sich nach ihren Gymnastik-Freundinnen aus der Frauenriege sehnte. Die Plattformen glänzten zwar buntlackiert, doch die eher provisorischen Unterkünfte wirkten mal schwitzig heiß, dann wieder bitter kalt. So machten sich Frust und Langeweile bei den Neubürgern breit.

Irgendein Ingenieur lud sie zur Teilnahme an seiner Versuchsreihe ein. Man glaubte es kaum, in dem Labor wurde unsichtbar machende Kleidung entwickelt: Display-Folien, die passgenau für Mensch und Tier geschneidert werden konnten.

Kleine Kameras bildeten aus jeder Blickrichtung den

Hintergrund von Hanni und Hanniball auf den Vorderflächen der Folie ab. Nach vielen Anproben und Software-Änderungen klappte es: Beide waren unsichtbar. Hanniball machte sich einen Spaß daraus, mitten im Gang auf einen Arbeiter zu lauern. Wenn der über den unsichtbaren Köter dann stolperte, ging durch die Abteilung ein Grinsen.

Als beide so auf Berührungsnähe zusammen saßen, stieß Hanni ihren Hund an: "Hey, da ist wieder der Roboterkreuzer vor Anker gegangen. Die haben ihre Eingangsschleuse auf Lichtschranken-Automatik gestellt. Hanniball, wir hauen ab!" Mit zuckenden Bewegungen durchquerten beide die Entfernung bis zum Hochgeschwinddigkeits-Raumschiff. Hanni schaltete kurz auf Sichtbarkeit und die Türen öffneten sich. Es war der Raumkreuzer, mit dem sie auf der Hinfahrt zu den Plattformen gereist waren. Nach einigen Stunden setzte die Mannschaft das Schiff in Gang. Die Feststoffraketen des Raum-Sprinters gaben Beschleunigung ohne Ende und erhellten das Innere. Hanni kroch im Laderaum umher und fand die standardisierte Tubennahrung und einen Wasserkanister. Zum Glück erinnerten sich die Roboter noch an die beiden Passagiere vom Hinflug. Schön wie ein Juwel lag dann die Erde unter ihnen. Irgendwo in der Nähe der Elbe sprangen sie mit Fallschirmen ab.

Die Gegend war waldreich aber plötzlich entdeckten sie eine kleine Parkanlage, die um ein Mahnmal herum angelegt war: "Hier soll an den Widerstand antifaschistischer Frauen gedacht werden"

Hanni blieb gerührt stehen und hob ihre Faust zu irgendeinem kämpferischen Gruß. Hinter ihnen bellte es energisch und der Förster lud sie ins Forsthaus ein. Mit dem Hund des Försters, einem Jagdterrier namens

Wotan, vertrug sich Hanniball überraschend gut. Der Hof war so groß, dass Hanniball ihn als Fußballfeld akzeptierte.

Plötzlich standen sie vor der Tür: Männer von dem "MfAPR". Das "Ministerium für die Ausschöpfung personeller Ressourcen" hatte in dem kleinen Ort an der Elbe nach Leuten gesucht, die beruflich unausgelastet waren. Nach und nach wurden auch größere Haustiere überprüft. Die Insassen des dunkel verspiegelten Kleinbusses mit der Videokamera am hoch ausfahrbaren Mast trauten ihren Augen kaum: Hinter dem Holzzaun im Hof tobte Hanniball mit dem Terrier des Hauseigentümers herum. Hanni hing im Sofa und guckte Talkshows. Kurz und schlecht, Berufsberatung unter Berücksichtigung vorhandener Qualifikationen war angesagt.

"Wir brauchen auch Sie", motivierte die elegante Arbeitsbeamtin Hanni, während Hanniball hypnotisiert auf eine Fliege starrte, die auf dem Nylonstrumpf der Beraterin gelandet war. "Was kann es denn bitteschön für uns sein? Wieder Sozialarbeit am Rande der Milchstraße?" Nach Eingabe aller Kriterien in die Formulare des Rechners stand das Ergebnis fest.

"Es wäre ideal, wenn Hanniball seine Ausbildung als Stratosphären-Hund durch ein Training als Such- und Rettungshund abrunden könnte, so dass Sie eventuell in der interplanetaren Rettungshundertschaft von GROSS HORNDORF die vakante Stelle als deren stellvertretende Leiterin antreten könnten."

Arbeit mit den Hunden, neue vielleicht interessante Leute: "Liebe Kameraden und Kameradinnen!" Ade, geliebtes Sofa. Das Übungs-Revier sah aus, als wäre hier eine Population übergroßer Maulwürfe gelandet: Löcher, Unterwühlungen, verborgene Tunnel. Das

Training der Hundertschaft war als Stations-Ausbildung bestens organisiert: In einem kilometerweiten Kreis sah man die Teams bei der Ausbildung. Zuerst legten sie die Weltraum-Anzüge an. Obendrauf Kamera mit Scheinwerfer.

Dann sah Hanni den Hundertschafts-Leiter im Laufschritt auf sich zu eilen: "Hanni, wir haben Alarm! Groß-Alarm!" "Dann kommt mal in die Hufe!", frotzelte unsere Protagonistin cool.

Die Katastrophe auf dem Erdtrabanten war durch den Einschlag eines riesigen Flugobjektes ausgelöst worden. Viele menschliche Ansiedlungen wiesen schlimme Schäden auf. Die Rettungs-Staffel bekam Einsatzbefehl und sollte zum Erdtrabanten. Dem Chef von Hanni war der Blinddarm gerade entnommen worden und er entschuldigte sich, leider könne er den Einsatz nicht leiten. Alle blickten auf Hanni. "Nun gut, liebe Kameraden und Kameradinnen, packt eure Klamotten. Wir werden abgeholt und fliegen zum Mond! Fragen? Keine!"

Der Shuttle war brechend voll. Die Hunde saßen in den verhassten Boxen und beobachteten wie das andere Gepäck verladen wurde. Sogar ein Fluggerät für die Einsatzleiterin war dabei. Start und Flug waren kein Problem.

Doch auf dem Mond sah es ziemlich übel aus. Glücklicherweise funktionierte die Notversorgung für Sauerstoff, denn überall erblickte man durchsichtige Berge glänzenden Schaums, dessen riesige Blasen Atemluft enthielten. Der Flughafen war unzerstört geblieben. Die Rettungsstaffel zog in ihren silbrigen Anzügen langsam in das Katastrophen-Gebiet. Hanni entschied sich für eine sehr weiträumige Aufstellung der Hundeteams. Die jeweils nächsten Teams waren kaum mehr in Sichtweite. Die Hunde durchsuchten mit weiten Sprüngen ihr Gebiet, während die Führer auf den Monitoren alles mit ansehen konnten. Immer, wenn Hanniball in einen Bereich mit Sauerstoff-Schaum eindrang, schaltete er auf Außenluft und ließ ein Bellen ertönen. Vor einem Jahr, während des Fluges mit dem Beschleunigungs-Transporter, war er bester Freund der dortigen Navigatorin geworden, die intuitiv per Meditation Richtungen zu den Zielen erfasste.

"Lausch in dein Inneres, Hanniball!", waren ihre wichtigsten Ratschläge und das klappte.

Auch jetzt kam ein Gedanke, der nur sehr selten in sein Bewusstsein floss. "Hanniball, du musst aufpassen. Ihr seid in Gefahr. Du darfst jetzt nicht gehorchen. Renne, was du kannst zur Gefahr und besiege sie", tönte es in die Gedanken des Hundes hinein.

Hanniball blieb stehen und sah sich um. Alles in ihm strebte zu einem Kraterrand, der sich zackig vom Horizont abhob. Dann raste er in riesigen Sieben-Meter-Sprüngen los und Hanni hatte nur noch das Nachsehen.

"Er bricht aus, Hanniball dreht durch oder was?"

Vom Kraterrand aus tastete sich Hanniballs Scheinwerferlicht langsam durch die zerklüftete Basaltlandschaft.

Alle konnten über Funk Hannis Überraschung miterleben: DER GESAMTE KILOMETERWEITE GRUND WAR VON ZUSAMMENHANGENDEM SICH PERMANENT ÄNDERNDEM LEBEN ERFÜLLT.

Nur Hanni kannte diese Spezies: WESSEN WESEN. Diese sich aus Subminiatur-Teilchen ständig neu und verändert zusammensetzenden Wesen hatten vermutlich mit ihrem Raumschiff einen Crash gebaut und waren wohl im Begriff, sich neu zu organisieren.

Theoretisch wusste sie noch, dass solche Monster auf Rohstoffe der Menschen angewiesen waren. Jederzeit konnte eine Attacke dieser Spezies kommen.

Hanniball hatte die Führung schon längst übernommen, während Hanni noch denkend zögerte. Mit vollem Tempo raste er den Abhang hinunter und biss jegliche neue Ausformung und Ausstülpung wieder kaputt. Hanni gab Großalarm und beorderte die gesamte Staffel zum Angriff.

Es war Arbeit ohne Ende: Zupacken, zerreißen. Mit Hilfe von Mondbewohnern gelang es nach und nach, alle mikromechanischen Ansammlungen voneinander zu separieren und in irgendwelche Behältnisse abzufüllen.

Die Hanni-Staffel war mit ihrem Einsatz fertig und landete wenige Tage später wieder auf der Erde. Hier könnte nun der Chronist auch aufhören. Wenn es damals nicht das MfAPR gegeben hätte, das von Hannis hoher Qualifikation im Einsatz gehört hatte und nicht versäumen wollte, diese in einem Anschlussauftrag wieder zu nutzen. Es war Forschern für außerirdisches Leben gelungen, mit den Wessen-Wesen ins Gespräch zu kommen. So durften diese einige menschähnliche Figuren bilden, mit denen dann fast normale Gespräche möglich waren.

Ein Menschheitstraum konnte wahr werden. Irgendjemand sollte mit den fremden Wesen zu deren "Heimat" mitfliegen und dann berichten: Die Sensations-Reportage des Jahrtausends! Kein Mensch wagte es. Dann holte man Hanni mit ihrem Hund. Die Wessen-Wesen formten schnell einen Kampfhund-Genossen für Hanniball und als der seinen ersten Kopfball gegen den außerirdischen Keeper verwandeln konnte, war so etwas wie Freundschaft geschlossen.

Aus dem Ball wurde dann schnell ein Aktenköfferchen für Hanni, in das sie die weiteren Unterlagen für das Unternehmen FERNE WELT hineinpacken konnte. Drei Monate dauerten ihre Vorbereitungen. Das Ziel der Reise war klar, es sollte zur Heimat der Wessen-Wesen gehen. Deren Angaben entsprachen den Erkenntnissen irdischer Astronomen.

Ein Schwarzes Loch, das genau zwischen einem Dreigestirn lag, und mit ungeheuerlicher Energie jeden Materiebrocken und Lichtquant in sich hineinzog. Das Ganze war zehn Lichtjahre entfernt und nur durch einen Raumsprung mit mehrfacher Lichtgeschwindigkeit, sowie extremer Beschleunigung und Abbremsung erreichbar. Kurz gesagt, biologische Lebewesen konnten diese Belastungen nicht aushalten.

"Alles klar wieder, sonst noch was, ich soll meinen Geist, meine Seele, mein Gefühl in einen Roboter einchecken lassen?", knurrte Hanni ärgerlich, als ein Team der Raumfahrtbehörde ihr das Vorhaben eröffnete.

"So wie sie es formulieren, stellt es nur die halbe Wahrheit dar. Sie und Hanniball werden gleichzeitig in ihrem alten biologischen Körper hier auf der Erde verbleiben können und quasi mit der anderen Hälfte ihrer Seele Roboter bewohnen, mit denen sie zur Heimat der WESSEN-WESEN fliegen."

Es war praktisch so, als würde die linke Hand der rechten "Guten Tag" sagen. Langsam erweiterte sich ihre biologische Lebenswelt um die maschinelle Automatenkomponente. Bereits nach einem Monat sah man Frau und Hund in bemerkenswerter Weise doppelt. Die ihnen ähnlichen Roboter hatten sich schon an typische Redewendungen und Bewegungen ihrer biologischen Vorbilder angepasst.

Dann winkten Frau und Hund ihren Roboter-Zwillingen zu, als die zusammen mit den sich permanent neu figurierenden Wessen-Wesen an Bord des riesigen Raumschiffes kletterten.

Die telepathische Verbindung zwischen Hanni und ihrer Kollegin an Bord riss auch nach dem Start nicht ab. Der Raumsprung war erfolgreich und sie kamen im Sogbereich des Schwarzen Loches an.

Vor Hanni II tat sich die Heimat-Welt der Wessen-Wesen auf: Ein Meer aus formändernden Raumschiffen im Sog der Gravitations-Strömung. Durchbrechen der Lichtgeschwindigkeit als pfeilschlanke Raumkreuzer, dann immer schneller und schneller werdend, bis das Zentrum durchstoßen war und die Gravitation nunmehr die Bewegung bis zum Stillstand der Raumschiffe änderte. Dann wieder Beschleunigung. Wohl seit Jahrzehnten ein stetiges Pendeln der Wessen-Wesen im Gravitations-Strom.

Monatelang quatschte die biologische Hanni ihre in konzentrierter Meditation empfangenen Eindrücke in die Mikrofone. Hanniball verhielt sich immer wieder so, als wäre er Hund in einem außerirdischen Raumschiff. Plötzlich hauten beide ab und neu gewonnene Freunde versteckten Hanni und Hanniball in einer Waldhütte vor den Experten-Teams und neugierigen Reportern.

Selbst als ihre Roboter-Zwillinge nach Jahren zurückkehrten und alle Fotos von der pulsierenden Lebenswelt der Wessen-Wesen mitbrachten, interessierte es Frau und Hund nur sehr peripher.

Ich will Arbeit im "I"

Ich schlich die weißen Marmorstufen hinunter. Links stützte sich der Ellenbogen auf das chromblanke Treppengeländer, rechts schlenkerte die zerschlissene Plastiktasche.

"Diese Sitzecke lädt zum Verweilen ein", dachte ich. "Dachtest du dir wohl so", leuchteten die rotgeränderten Augen des weißen Bullterriers neben zwei paar Kampfstiefeln.

"Aufstehen!"

Sicherlich zwei Prachtexemplare aus einer Therapie-Gruppe kombinierte ich gähnend. Sie ließen mich dann doch mit heilen Knochen laufen. Endlich eine Bank, die das Studium von Zeitungsinseraten leichter machte.

"Redakteur gesucht. Frei Kost und Logis plus Fixum", las ich und entschied mich für den Job.

Ich kramte sofort die Plastikdose mit dem Abitur-Zeugnis raus. Gehaltsverhandlungen geführt, Vertrag unterschrieben, gewartet. Der Personalchef besserte nach: Nur noch die Verschwiegenheitsvereinbarung unterschreiben, dann hätte ich den Job.

"Über den Wolken muss die Freiheit grenzenlos sein", sangen die Jungredakteure beim Einsteigen in den Spaceshuttle.

Nach schier ewig dauernden Weltraumtagen lag der künstliche Planet "Rotation Five", das Ziel des Raumfluges, vor uns. Die Fähre landete auf einem schwenkbaren Deck, dessen Bremsanlage hierbei gespannt wurde. Warme Luft zirkulierte raffiniert im Ausstiegsbereich. Die Redakteure vertraten sich im freien Weltall die Beine und ließen ihre Blicke über den Kunstplaneten schweifen. Ein überdimensionaler Ring von 10 Kilometern Durchmesser drehte sich so rasch, dass auf seiner Innenseite Kühe weiden konnten.

In der Operationszentrale erläuterten einige Hybridmenschen Aufgaben von "Rotation 5": Die neuen Mitarbeiter würden sich hier in der Zentrale einer interstellaren Spedition befinden. Diese transportiert relaisartig Waren zwischen vielen Regionen des Weltalls. In Zweitfunktion schrieben sie dabei Buchstaben und könnten über die bekannten Transformationen Lesevorgänge auf der Erde unterstützen. Die noch vom Landen gespannten Federn schwenkten nunmehr mit den Containern herum und zeigten auf eine Raumregion, die auf dem Monitor mit grünem "I" markiert worden war. So flog ein Container nach dem anderen in Richtung Kassiopeia.

Kokser e.V.

Der Bildschirm zwinkerte leicht als Luca sein Stellenangebot zeilenweise aus dem Computer des Arbeitsamtes zog: "Schriftsteller dringend gesucht! Ihre Polizei."

Kostenlos wählte er deren Nummer. Wieder besetzt und keiner hob ab. Die Angestellte am Tresen tuschelte ihm lässig ihre Verständnisversion ins Ohr: Es sei für ihren Bruder wieder typisch. Wenn Martin in der Alarmzentrale Dienst täte, ließe er nur mit der Fangschaltung arbeiten.

Rückwärtsgehend studierte Luca die Bauarchitektur des Amtes. Alle Verschnörkelungen gruppierten sich um eine überdimensionale Stempeluhr.

Plötzlich, wie aus der Lehrfibel, von hinten und von

vorne: Gelbe Marke und "Mitkommen!"

Zwei Beamte aus dem Dezernat gegen Bandenkriminalität entführten ihn zu ihrer Dienststelle. Warten im Glaskasten. Neben ihm saßen andere Informanten, Kleinkriminelle und irre Spinner.

Oberkommissar Karsten blinzelte ihm durch hochgestapelte Aktenkörbe hindurch jovial zu: Vor dem Urlaubsstart an die Karibik oder Nordsee, hätten Kollegen alle eiligen Vorgänge auf seiner Schreibtisch-Platte gestapelt. Das Dezernat würde qualifizierte Polizei-Schriftsteller benötigen. Persönlichkeiten von hohem Niveau sollten es sein, die kultiviert und eloquent, alternative literarische Öffentlichkeits-Arbeit betrieben. Luca revanchierte sich mit gekonnter Eigenwerbung.

Ja, er wäre "Wattenschreiber von Neuwerk" gewesen: "Wenn plierend der Flutwind die Lagune räumt, das Bier im Yankee-Brunnen schäumt."

Selbst der drahtige V-Mann auf der Schreibtischkante gab das "Okay-Zeichen".

"Herr Luca, ihr Nominativ - pardon - ihr erster Fall ist brandeilig."

Es ginge um einen Verein, der sich "Kokser e.V." nennt. Am Abend hätten die Jungs dort eine öffentliche Versammlung und Luca solle daran teilnehmen. Eigentlich wäre es üblich, zuerst an einer Strafsache zu ermitteln, in die man selber verstrickt sei, aber es würde eilen.

Die Versammlung der "Kokser" war öffentlich. Die Mitglieder und der Gast gruppierten sich stehend um den Vorstand. Der knorrige Mittvierziger redete seiner Gemeinde in die Seelen. Wissen und Praxis, hier und heute, wären Ziel des gemeinsamen Bewegungs-Spieles. Glut der Materie, im Spiel erfahren, das sollte Ziel des folgenden Happenings sein.

Die Anleitung folgte: Jeder sammelte die Unterschriften der anderen Teilnehmer. Zuerst würde ein Tau die Spielgruppen trennen, dann zöge er es fort und das Tempo der Kontaktierungen würde sich steigern. Zum Schluss sollte jeder sämtliche Signaturen der anderen Mitglieder haben. "Los!"

Lucas Mitspieler waren quicker und motivierter als er. In der ersten Phase bekam er fast alle Unterschriften, in der zweiten hinderte ihn Atemnot. Als miesester Teilnehmer musste er nach Spielende auf die Bühne.

"Kopf senken, Hände vom Gesicht!" Der "Träger der Gerte" züchtigte ihn hart aber gerecht.

Dann das Schlusswort: Wie unter einer Lupe hätten sie die inneren Verbrennungsvorgänge eines Koksofens kennen gelernt. Ein skurril kostümiertes Vereinsmitglied protestierte lauthals. Ordner zerrten den strampelnden Forscher vor die Tür.

Konferenz im Kommissariat: Der Verein stünde momentan mit einem zugeschweißten Müllcontainer vor dem Hauptbahnhof und wolle Kohle: Banknoten bündelweise.

Sie rasten mit "blau" zur Stadtmitte und sahen den Schlamassel. Fauchend und zischend drückte sich Qualm aus den verbliebenen Ritzen. Die "Kokser" hatten den Container mit Koks gefüllt und gezündet. Noch fünf Minuten auf Hochtemperatur und es wäre passiert. Aber eine resolute Polizistin schleppte ihr Riesenmaschinengewehr mit hängendem Patronengurt heran: "Rat-Tat-Tat-Tat" Für alle sichtbar entspannte sich das Hochdruckgebiet im Inneren des überdimensionalen Bollerofens durch 1000 Einschusslöcher. Die Feuerwehr riss das Kommando wieder an sich und es roch fast nostalgisch nach Dampflok. Der Oberinspektor knuffte Luca in die Seite: "Haben Sie vor zwei Jahren die "Kokser e.V." als deren Vorsitzender ins Register des Amtsgerichtes eintragen lassen?" "Ja!", entgegnete schuldbewusst Luca.

Das Labyrinth

Als Superlativ formuliert, könnte "die Welt des Verbrechens" verdächtigt werden, Großmacht zu sein. Kriminellen Erfolg würde, wenn überhaupt, nur die Organisation schaffen.

Am Beispiel eines Anwärterlehrgangs für den Polizeidienst soll diese Sichtweise erprobt und auf Krimitauglichkeit untersucht werden.

Rosi leitete Erpresser-Ringe mit den geilsten Druckmachern des Kontinents. Harald Arndtmann, er galt in Fachkreisen als Spinne im Netzwerk der Organisation, sog permanent Geld für die ihm unterstehende Fachabteilung "Zentrale Aufgaben".

Am nächsten Tag sollte Rosi einen Geldkoffer zu ihm hin transportieren. Auch im Zeitalter elektronischer Verschlüsselungen und Massendaten-Übertragung kam das Paar nicht ohne Händchenhalten und persönliche Absprachen aus.

Der 57. KAJ (**K**ommissars **A**nwärter **J**ahrgang) wollte unbedingt nach bestandener Laufbahnprüfung verbeamtet werden.

Rosi stand unter Verdacht und wurde verfolgt. Harald war im Kontext mit ihr ein unbeschriebenes Blatt. Sie verabredeten sich beide im "Labyrinth", einem zwielichtigen Stadtteil von RONDELSKIRCHEN. Die Kontaktaufnahme vor Ort war per Handy geplant.

Kommissars-Anwärter Peter Fichte wollte noch sein Sportabzeichen vom Geschäftszimmer der Inspektion abholen. Die Sekretärin zog ihn am Ärmel leicht zu sich: "Fichte, morgen wirst du 'die Lage' machen, ich drück' dir die Daumen. Hier Post für dich, von deiner Liebsten."

Schlagartig wurden seine Hände schweißnass. Traute er sich das Gesamtkommando überhaupt zu? Der Brief war von der erwähnten Rosi: "Mein noch immer lieber Peter, dies ist ein Abschiedsbrief!"

Der Inspektions-Kommandeur fing ihn auf dem Flur ab: "Fichte, sie machen 'die Lage'. Zwei Tipps für morgen. Nur auf die 3. Hundertschaft ist Verlass und klau dir eine Buddel Korn heute und sauf sie aus!"

Großobservation gegen Rosi. Fichtes Stab wartete auf Anweisungen.

"Sie marschiert in den Stadtwald", klang es aus dem Lautsprecher.

"An Meyer: Überwachungs-Riegel zwischen A und H . Objekt-Observation Bahnhof und Busabfahrt Wald-schneise!"

"Sie verlässt Gehölz zum Bahnhof hin."

"An Karstens: Alle Züge, beide Richtungen!"

Rosi wuchtete den Geldkoffer aus dem Speisewagen, als der D-Zug in RONDELSKIRCHEN hielt.

Harald klingelte sie bereits über Handy an: "Wir treffen uns in der 'Roten Laterne'!"

Rosi wollte klare Anweisungen bekommen und sehnte sich nach einer emotionaleren Bindung zu ihm. Wie gewohnt bestellten beide "Obergäriges".

"Von Peter habe ich mich getrennt. Jetzt gibt es in meinem Leben nur noch einen Mann, Dich", informierte sie. Dann schob sie ihm die Million unter den Schenkel.

"Rosi ist per Bahn im Ort eingetroffen. Sofort flächendeckende Observation." Futsch, die Verfolgte wurde nicht mehr gesehen. Einsatz von "Wolf Felle", dem Detektiv-Dackel des örtlichen Reviers. Er durfte an Bekleidungsstücken von Rosi schnuppern. Nach einer halben Stunde hatte er sich auf diese gesuchte Dame spezialisiert. Ihr Eau de Cologne konnte er auf zehn Meter Entfernung schnuppern. An den Hauswänden des Rotlichtbezirkes strich "Felle" unauffällig entlang: Urin, Banane, dann das Parfüm von Rosi. Bellend gab "Felle" seine Alarm-Botschaft in die "Rote-Laterne" hinein. Entscheidung im Lagezentrum durch Peter Fichte: "Kontakt-Person von Rosi Identitätsprüfung. Beide laufen lassen. Koffer nicht abfischen!"

"Frau Rosi Engelken, wir haben hier auch noch einen Bekannten im Mobil-Telefon", lachte der Lehrgangskamerad.

"Hallo Rosi, hier Peter. Ich habe Prüfung und bin immer noch hinter dir her."

Sein Fehler war doch noch eine ausreichende Note.

Lebensstrom

Der Titan bog den nunmehr nassglänzenden Leib empor, als könne er der Kälte auf seiner Haut dadurch entfliehen.

Der schon späte Julitag hatte mit azurblauem Himmel, Sonnenschein und Badetemperaturen bis zum Abend durchgehalten. Eine milde Nacht, in der mancher nach dem zwanzigsten Strich auf dem Bierdeckel aus der "Gemütlichen Ecke" wankte, um seinen Hund Gassi zu führen. Der Gerichtssaal war dunkel und ohne Zuschauer gewesen: "Das Verfahren wird eingestellt!"

Dito seine Mietzahlungen. "Wir haben einen Schock vom Elektroschock", grölten einige Demonstranten auf der "Moorweide". Erstaunlich in Hamburg gibt es Brombeerhecken: Essen und Schlafen am selben Ort. Leicht, locker und kurzärmelig: Die Titelseite der Bildzeitung reichte zum Zudecken. Plötzlich änderte sich das Wetter. Regen, Sturm und ein Gewitter mit prallen, eiskalten Tropfen ließen die sonnenverwöhnte Haut erschaudern. Kopf und Arme verschwanden durch immer weiteres Recken im Hemd. Milchig grünes Licht erhellte den textilen Innenraum. Wie beim Twist in der Diskothek rieb er seine Ellenbogen an den Hüften und entrückte dem "Hier und Jetzt". Klopfen ertönte, Karnickel hatten im Morgengrauen ein grünes Bewegungsmonstrum gesichtet. "Mal gucken, wie Elbe und Pegel aussehen." Mancher weiß vielleicht, dass der Mond bei Flut die Elbe wie Karamellpudding nach oben zieht.

Lissajousfigur

Sheilas Palmtop segelte elegant in die genormte Couchecke des Hotels. Im Foyer drängelte sich die astrophysikalische Elite um Hostessen mit Teilnehmer-Listen. Das Symposium "Außerirdische Koppelfeld-Existenzen" startete.

Harry, David und Sheila, drei junge Assistenten am "Institut für interstellare Kommunikation", nutzten den Abend für Tanz im "Lissajous", einem musikstarken Vergnügungstempel der Campus-Gastronomie. Die bunt flackernde Uni-Kneipe war integrativer Bestandteil des "Institutes für Raumfahrt", welches mit seinen farbigen äußeren Rohrleitungen alles überragte. Auf dem Dach verdichteten sich dessen Konturen zu einem technikparkähnlichen Antennenwald. Dann das Tanzlokal "Lissajous": Projektoren malten eigentümliche, harmonische Schleifen an die Decke.

"Habt ihr auch das Seminar über Direktkontakte zu den Koppelfeld-Existenzen gewählt?"

"Klar, wo du hingehst, wollen wir nicht fehlen."

Sheila war am Morgen "dran", sie musste das Einführungs-Referat halten: Großregionen des Weltraums seien mit riesigen dreidimensionalen Koppelfeldern gefüllt, die aus extrem breiten Bündelungen elektromagnetischer Schwingungen bestünden. In jedem Koppelpunkt würden sich Trillionen von Frequenzen überlagern. Immer, wenn es gelänge, drei senkrecht aufeinander stehende Wellen zu finden, wäre es möglich, eine virtuelle räumliche Figur zu erzeugen, die dann per geistiger Wirkung ein Tor zu jener fremden Spezies öffnete. So gelangten Besucher durch dieses „Tor" in den Cyberspace hinein.

Die tanzende Figur in der 3D-Kugel wirkte sofort. Durch ein „Gate" tauchten die drei Assistenten in eine gläserne Milchigkeit schwebend hinein. Aus allen Richtungen jagten Pulks meterhoher Mäuse heran und die Experimentatoren sahen in der Ferne gigantische Frequenzschieber. Über deren Kurbeln hingen Skizzen mit vorgeschriebenen Schwingungs-Diagrammen.

Plötzlich stellte sich die Trupp-Chefin der Mäusebrigade vor: „Hallo, ich bin KOOFI DIE RAAFI, wegen dringender Schwingungsarbeiten sind derzeit keine Besichtigungen möglich." Mit raschen Pfotenbewegungen wischte sie sich den Schweiß aus dem Fell und zeigte auf die leuchtend blinkende Ausgangstür.

Shaddy in der Vierten

"Shaddy ist in der vierten Straße!", schrie eine Gestalt mit weiß gekalkter Straßenmaske, tanzend und singend im Rausch. Zwei durchbohrte, löcherige Beutel, prall gefüllt mit Kieselsteinen, ließ die wie aus dem Tollhaus entsprungene Figur mit schnellen abrupten Bewegungen in überraschenden wirbelnden Ellipsen kreisen. "Escaping in preventing from", zuckten englische Altvokabeln durch Tyrmin Trexlers Schädel, während er seine Fuhrparkkarosse zur vierten Sperrgebietsgasse beschleunigte. Halluzination? Nein! Das Abwassersiel kippte klappernd aufs Pflaster. Halogenstrahlen leuchteten grell aus dieser Unterwelt und ließen Dampfwolken sichtbar tanzen. Eine hagerknochige Figur schlängelte sich aus der betonierten Höhle. Tatsächlich, es war Sharif Dickens, den alle Welt aber nur Shaddy nannte.

Der salutierte grinsend: "Beim Relaxen und Technomusik dröhnen."

Es gäbe einen Störungsgrund. Ist wegen EARLY RUNNER SEVEN, informierte der Regierungsbeamte über die Alarmvokabel.

"Dann will die CSO ihren Liebling Shaddy zur Arbeit drängen. In der abgelaufenen Dekade war ich Technologiereferent bei der Cyberspace-Organisation gewesen."

Tyrmin Trexlers Augen blickten etwas versonnen und nostalgisch: "Es gab einen Medien-Rummel als Kandidaten den ersten Cyberspace betraten und der Welt ihre Gefühle mitteilten. Damals konnte keiner ahnen, dass der Aufschwung der Computerbranche so extrem würde. Ein Rechner, nur aus Schwingungen bestehend, bis über die Fixsterne hinaus reichend, gefüllt mit

Billionen von Cyberlebewesen, einfach gigantisch und irre."

„Die haben ein technisches Problem drinnen, du musst uns helfen." Nackt, in eine Decke mit der Aufschrift "Eigentum der CSO" gehüllt, stolperte Shaddy durch die Drehtür ins Lagezentrum. Dort fand der übliche Einführungs-Vortrag statt.

Ein Redner am Pult fasste noch einmal zusammen: „Der Grundgedanke des frequenzbasierten, auch das Weltall umfassenden, Analog-Rechners wäre, dass einzelne Punkte, aneinander gereiht, eine Gerade bildeten. Geraden, aneinander gelegt, würden eine Fläche formen und Flächen, aufeinander gestapelt, einen Raum. Stapelte man nach diesem Prinzip den planetarischen Informations-Raum beliebig oft ins Weltall hinein, so wäre eine extreme neue Dimension der Verarbeitung von Informationen entstanden. Der an Konzeption und Aufbau dieses Rechners mitwirkende Technologie-Referent Sharif Dickens, oder auch Shaddy, würde beim Frequenzcomputer im Weltall ein Problem mit dem Kennwort beseitigen. Nun aber los, ab durch die Schleuse!"

"Gate Sierra Stadt" flackerte es von einem Gebäudekomplex, der auf einer Anhöhe der Trabantenstadt lag. Dies war die Schleuse zum Cyberspace. Seine physikalische Hülle reichte bis zu den nächsten Fixsternen und bestand aus einem dichten Gemisch von elektromagnetischen Schwingungen. So wurde die präsente Menschenspezies des Planeten durch Billionen intelligenter Cyberlebewesen erweitert. An der Entfaltung dieser Zweitwelt hatten viele mitgewirkt, auch Shaddy. Hostessen führten Rückkehrer aus dem Cyberspace bedächtig herum. Irgendwann fühlten sich diese dann wieder heimisch und gekräftigt. Für unseren

Helden war der Transport durch die Schleuse Routine. Nach einem tranceartigen Zustand traf er im Inneren des Cyberspaces ein. Menschenähnliche Schrumpelwesen modellierten für die Zeitdauer der Visite den Leib von Shaddy und machten ihm Mut, seine Sinnesorgane zu gebrauchen. Revidierung und Detailarbeit, dann stimmte das Spiegelbild mit seinem Wunschbild überein. Die neuen Körperdaten von Shaddy wurden in der Apparatur gespeichert. Fremdenführern gleich schwenkten die Abholer ein Schild mit der Aufschrift: "Shaddy Wanted!". Danach geleiteten sie ihn zur Zentral-Intelligenz der Sektion. Jeder Schritt war wie die Umsetzung eines Bewegungswunsches. Bald kam er an Bereichen vorbei, die mit Geräten und Zeigerinstrumenten vollgestopft waren. Nur durch runde Fenster in den Türen konnte er in diese Labore Einblick nehmen. Langsam wechselte die Szenerie zur Ansicht von Riesenbüros und später dann zu Ruhelandschaften. In diesen Parks konnte man sehr individuell modellierte Wesen bei der Besprechung ihres Arbeitsalltages erkennen. Der Zentralbereich bestand aus einer Großschalttafel mit Bildschirm. Ein Superkrebs hatte Schichtdienst als Operator und spulte seine Routinen ab. Überall blitzten Warnlampen und die Leuchtanzeige flackerte.

"Selbstabschaltung in 10 Stunden! Kennwort eingeben!"

Das Passwort war vergessen, nicht mehr im Krebsgehirn. Nunmehr war eine Suche des Passwortes per Hilfsbegriff notwendig.

"Hilfsbegriff lautet **GYMNASIUM**", schrie Erny der Krebs durch seinen weißen Grippemundschutz.

"Ach so, natürlich: RELigion teilgenommen! Die Buchstabenkombination **REL** deutet auf die Fächer

Rhetorik, Erdkunde und Latein. In Rhetorik hatte ich die Note 'Sehr gut', in Erdkunde nur ein 'Ungenügend' und in Latein noch ein 'Befriedigend'. Somit hätten wir in Ziffern die Noten 1, 6 und 3, woraus man die Zahlen '16' und '3' entnehmen kann. Der sechzehnte Buchstabe ist ein 'P' und der dritte ein 'C'. Das Passwort lautet **PC**", informierte Shaddy. Die Blitzlampen erloschen und Erny, der Krebs, gab grienend Entwarnung.

WENN ICH KÖNIG VON HAMBURG WÄRE

Dies ist die Geschichte von Arian, ein Puzzle aus der Existenz dieses kosmischen Meisters und Weltenwanderers. Auf Xenon-Base, seinem Heimatplaneten, herrschte leichte Aufwärtsgravitation mit schwankender Intensität.

Arian wedelte wie die anderen Touristen auch, leicht in der Luft, um sich auf Höhe der Fahrkartenausgabe zu halten.

"Bitte einen Raumsprung zur Erde, hundert Jahre Aufenthalt, kostengünstige Sozialkategorie!"

In Hamburg gäbe es schon ein riesiges Proletariat. Die Preiskategorie "König von Hamburg" wäre jedoch noch frei. Müde glitt ein Lächeln über sein zeitloses Gesicht. Mit einem bejahenden Gedankenstrahl checkte Arian sich ein.

Die adrette Angestellte erwiderte seine Reisebuchung überraschend lieb und persönlich: "Lieber Arian, auf der Erde wird man dich nach deinem Nachnamen fragen. Bitte suche dir aus diesem irdischen Schulbuch einen solchen Namen!"

Er las: "Mein Name ist Peter. Ich bin ein Junge." Schnell hatte er sich für "Arian Ich" als Namen entschieden und sie trug diesen Namen in die Passagierliste ein. Anschließend enterte er den hyperschnellen Raumkreuzer und war eigentlich ganz froh, nunmehr Urlaub zu haben. Beim Überschreiten der Lichtgeschwindigkeit sahen die Passagiere bizarre optische Reflexe. Hinter ihnen lag die absolute Nacht und fern vor dem Shuttle tauchten seltsam verschwommene Sterne auf.

Jemand aus der Besatzung erläuterte, sie wären momentan bei einem überlichtschnellen Raumsprung. Später nach dem Bremsmanöver würde das Weltall seine Sterne wieder wie gewohnt präsentieren. Terra, die blaue Erde, das traditionelle Urlaubsziel der Xenianer, lag plötzlich unter den Reisenden.

"Unterstützungs-Amt der Verwaltung der Stadt Hamburg" stand auf dem Bronzeschild des Bürohochhauses.

"Er hat wieder geläutet!" Der Dienststellenleiter des Amtes, Herr Michelsen, hob sein Teleskop und betrachtete den ökologischen Avantgardisten, der auf einer Verkehrsinsel seine Wärmeburg aus Kartons baute.

"Lasst ihn seinen Rausch bei uns im Flur ausschlafen!"

Amtmann Michelsen, öffnete den Geheimordner: "Noch ist es ein delikates Gedankenspiel, eine Machbarkeitsstudie: Sollte ich König von Hamburg werden?" "Da ist ja unser zerzauster Liebling, ein Herr Arian Ich." Schwankend stand Arian mit umgehängter Decke im Schein der Neonlampen.

Da, unsere Zauberstadt! Der Planungssandkasten zeigte die Hansestadt mit einer Studie neuer Bauprojekte. Wie die Achsen eines globalen kartesischen

Koordinatensystems spreizten sich die Transportadern Wasser, Straße und Luft. Rechenzentren der Elbmetropole generierten virtuelle Datennetzwerke der Superlative. Überall in der Welt war Hamburg, wo auf den Schreibtischen Telefone und Computer standen. Die Leute hatten eine Meldeadresse in Ghana und waren doch Bürger der Hansestadt. Qualitätssteigerungen der Multimedia-Produkte formten diese auf stetigen Zugewinn programmierte Gemeinschaft.

"Das Volk ist mürrisch und fordert Brot!", grölte Arabella, eine Stadtbekannte, die mit Transistorradio die Treppen hoch wankte. Eine Diakonisse mit weißem Häubchen und Lunchpaket für Arian folgte.

"Was haben Sie beruflich gemacht, Herr Ich?"

Für die Mogs habe er die Teller abgewischt. Tyrannei müsse ein Ende haben: Integration statt Intriganten.

Die Sekretärin kramte in ihrem Schminktäschchen und legte eine Dose Nivea auf den Tisch: "Wer sich zum König von Hamburg salben wolle?" Die Luft in Hamburg ist trockener als auf Xenon-Base, Arians Lippen waren deshalb leicht spröde geworden. Er strich sich einen dünnen Film auf die Haut.

"Wir haben Alarm! Ein feindliches Programm versucht vom Internet aus in den Verwaltungsrechner einzudringen."

Alle Bediensteten schwenkten ihre Sessel zu den Terminals und fuhren Anti-Viren Software hoch. Arian übernahm die Verantwortung und führte den Gegenfeldzug im Cyberspace. Mit flinken, raffinierten Kombinationen der Funktions-Tasten verwirrte er den virtuellen Gegner. Dann endlich wurde Michelsen im Hacker-Handbuch fündig: "Wir sind mit den Leuten wieder am Verhandlungstisch. Entwarnung!"

Zerlumptes, wohnungsloses Proletariat betrat das Integrations-Center-Hamburg. "Die kommen als Könige wieder heraus, gratuliere Arian!", kreischte Arabella. Eine 3d-Laseranimation prangte über den Elbbrücken: I C H.

Engel Einsatz Weihnachten 2010

Bereitschafts-Warteräume der ganzen Welt strahlen ihre eigene Colaautomaten-Neon-Stimmung aus. Nur vier Engel saßen Heilig-Morgen am Frühstückstisch. Nach Flügelanpassung und Flugversuche wie eine gerade Flügge gewordene Adlerbrut, war es so weit gewesen: Engel-Dienst für die ENGEL AG.

Der erste Auftrag tönte aus der Sprech-Anlage: "Ober-Engel Theophil, sofort zum Freihafen, Alabaster-Kai!"

Flink klomm Theo die Leiter zur Ausflugsluke hinauf und spreizte auf dem Dach-Startplatz seine Flügel. Der Heilige Morgen wehte ihm frisch aber sonnig durch das Gefieder. Schachbrettförmig ordneten sich die Straßen, Häuser, Plätze und Parks der City unter ihm. Winzige Menschenpunkte in emsiger Betriebsamkeit strömten noch in die Kaufhallen und zerrten Paketberge zu den Bussen. Mitten im Hafenbecken hatte ein rostiger Bananen-Dampfer an den Pfählen festgemacht.
"Warum quengelt er?", rief der Kapitän fragend zur Familie an der Pier hinüber.

"Der Lütte hat Bananenhunger im Leib!", antwortete der Vater bittend.

Für Engel ein Routine-Fall. Das Netz voller Apfelsinen und Bananen, schwebte er vom Schiff zum Kai. Die Mutter nahm ihren Benjamin auf den Arm und der

Ober-Engel packte das Obst in die Karre. Alle lachten und die Wasserschutzpolizei zwinkerte. Der Engel-Betriebsfunk nervte erneut: "Theo, du musst vor Rückkehr noch zur geschlossenen Station." Ein achtstöckiger Betonklotz am Stadtrand ließ schon von weitem erkennen wes Geistes Kinder hier lebten und litten. "Stadt-Psychiatrie" strahlte das Leuchtschild über dem Eingangstrakt. Der Cherub passierte die Besucherschleuse und kam zur Abendrunde in den weihnachtlich dekorierten Gemeinschaftsraum. Alle saßen dort ruhig und besinnlich. Nur Sheila stampfte hin und wieder mit dem Fuß auf.

"Sie leidet momentan an übersteigertem Konsumrausch. Der ganze Trubel um die Geschenke hat sie zur Kleptomanin gemacht", diagnostizierte die Therapeutin.

"Haben, haben! Nur einen goldenen Armreif, Jadeschmuck, Parfum von Chanel."

Engel Theophil strich über den Touch-Screen seines Notebooks und zauberte eine animierte Geschenkpräsentation auf die Projektionswand der Station. Wundervoll verschnürte Geschenkpakete strömten konzentrisch auf die per Kamera ins Bild projizierte Sheila. Pflegerinnen nahmen die Patientin in den Arm.

Ein Wunder geschah: Sheila lachte wieder strahlend. Theophil konnte endlich in der hochbeinigen Badewanne sein Schaumbad nehmen. Das weiße güldene Gefieder war von einem dünnen Film aus Ruß qualmender Schornsteine bedeckt gewesen.

Die Abendrunde föhnte danach sein Gefieder emsig trocken. Später spielten sie Halma und tranken etwas Matetee.

"Zentrale an Engel Nummer acht! Kommen! Wir benötigen in der Trabantensiedlung dringend eine Unterstützung. Drittes Stockwerk!"

Theophil schwebte auf den Balkon der Familie Schönfeld. Aufgeregte Stimmen klangen bereits durch die Balkontür. Es schepperte immer wieder. Gemeinsam mit einem Kollegen beobachtete er die "Bescherung". Das Weihnachtsgeschenk der Tochter, ein Roboter, war vom Bruder versehentlich in den Kampfroboter-Modus geschaltet worden und der Automat demolierte die Einrichtung mit wuchtig knallenden Karatetritten. Beide Engel sprangen vor und hielten Roboter Rasputin fest. Vater und Mutter öffneten die Rückenklappe des Spielkameraden und klickten von "Kampf" auf "Spiel". Das Jungkarnickel des Bruders traute sich jetzt auch wieder hoppelnd aus der Deckung hervor.

"Theo, jetzt ist auch für dich Feierabend", ließ ihn die Zentrale in Ruhe. Er kriegte noch die letzte U-Bahn und fuhr zum Kleingartengelände, wo er im Vereinshaus überwinterte.

Theorie und Praxis

Der rundkantige alte Schulbus hielt auf der gepflasterten Landstraße zweiter Ordnung. "Zentrum für angewandte Geistquanten-Theorie" stand auf dem Schild am Eingang. Die wissbegierigen Teilnehmer dieser Studienfahrt besetzten den Vortrags-Saal. Auf dem Podium saß der Meister und trug einen mit Klappen und Seilzügen ausgestatteten Taucher-Anzug als Bekleidung.

Weißgekleidete Anhänger einer Verehrungs-Schar schwebten durch die Saaltür, warfen Küsschen zu, drehten sich zum Klang der Glockenspiele und sangen: "Ich bin ein Geistquant, du bist ein Geistquant, wir sind alles Geistquanten."

Die Sprachausgangs-Klappe des Meisters öffnete sich und der Erfinder trug den Kernsatz seiner Interaktions-Theorie vor: "Lebewesen und Pflanzen können als Geistquanten angesehen werden, denn sie sind diskret unterschieden und komplex."

"Wir wollen spielen", intonierten "die Treuen".

"Okay, Armausgang auf."

Mit ausgestrecktem Arm spielten sie "Tick du bist". Die Vortrags- und Übungs-Sequenz wurde dann mit dem Thema "Gruppen-Geistquanten" fortgesetzt. Weiße Tücher teilten den Raum: Links die amorphe und analoge Nichtzählgruppe und rechts die digitale Zählgruppe. Die "Nichtzähler" warfen Tücher über sich und versuchten undefinierbare Masse zu werden.

Die Zähler tönten: "Eins, zwei, drei" bis "zwanzig".

Irgendwann zog der Meister die trennenden Tücher urplötzlich beiseite. Sofort gab es leichten Zoff, den die Klänge der Orgel dann doch zu einem rhythmischen Wiegen glätteten.

Am Ausgang trabte eine Hubertus-Staffel in Richtung Einsatzgebiet vorbei: "Rot die Uniform, braun das Pferd, die Beagle-Meute wippend mit dem Stert!"

Die tausend Augen

Milenas Karateschläge knallten betonhart in den Virtuellspiegel. Das Kraftstudio war wie immer überfüllt und bot nach dem Training noch Aerobic und Sauna. An der Bar wartete schon ihr Hund "Fass" hinter seinem Wasser-Napf und knurrte leicht, als Milenas Palmtop an die Extra-Konferenz der Detektei summend erinnerte.

Sie verabschiedete sich eilig und fuhr zur unauffälligen Einsatzzentrale. Der Leiter eröffnete seinen Detektiven den Einsatzplan der Lausch-und-Guck-Operation am nächsten Tage. Zielobjekt sollte ein Geheimbau der Verwaltung von MABOSTADT sein, denn die dortigen Stadtoberen dächten nur noch an eine Beaufsichtigung ihrer Bürger per Schwenkkamera. Manchmal drückte sich schwacher Protest der Bevölkerung im provokanten Lesen des Romans "1984" von George Orwell aus. Aber dies sei nicht das Problem, erläuterte der Chefdetektiv. Vielmehr wolle der Auftraggeber der Detektei - die vorgesetzte Verwaltung der Großregion - einen Besorgnis erregenden Zusatzquant zum Überwachungsstaat aufgeklärt haben.

Mit dem Hinweis auf modernste Methoden und Einsatzmittel war es Proctor & Proctor, so hieß die Detektei, gelungen, diesen Auftrag zu erhalten.

Es goss während der Nacht wie aus Kübeln. Hin und wieder rollten unsichtbare Karossen von P&P spritzend durch Straßenpfützen. Milena saß mit Kollegen und "Fass" in einem dieser Geisterautos, deren Bleche mit flexiblem Flachbildschirmmaterial beklebt worden waren. Der Bildhintergrund eines jeden Spezialfahrzeugs wurde so auf die Seite des Betrachters übertragen. Der Passant sah nur noch Hausfassaden, Bürgersteige und Chausseebäume, die Umrisse der Detektei-Automobile waren videotechnisch eliminiert worden. So fuhren die Gruppen völlig ungesehen zu ihrem Einsatzort. Ankunft in einer Szenerie wie aus dem Film "Der Spion - der aus der Kälte kam". Das ebenerdige Geheimgebäude war von einem beleuchteten Zaun eng umgeben. Milena presste die dünne Bohrstange ihres Observations-Werkzeuges durch den Zaun und bohrte in das Gemäuer ein feines Guckloch.

Vorsichtig und geräuscharm schob Milena einen optischen Sensor in das Innere des Hauses. Im hellen Neonlicht des Gebäudeinneren erspähte das Objektiv des Weitwinkelwinzlings Monitore, Monitore und nochmals Monitore. Diese bildeten Umrisse von Straßenszenen des Zentrums von Mabostadt in geometrischen Strich-Umhüllungen ab. Sie fühlte sich an die Abbildungen moderner Zeichenprogramme erinnert. Auswertungen dieser abstrakten Darstellungen des öffentlichen Raumes wurden vermutlich in den Schaltschränken am Ende des EDV-Raumes vorgenommen.

Die Leitstelle von P&P spielte noch einen Zwischenfall auf der Straße ein: Reklameautos kreisten "um den Pudding". Im beobachteten Objekt erwachten fieberhafte Aktivitäten. Alle Abbildungen der Reklameraser wurden von den Bildschirmen verbannt. Erst nach Beendigung der Rundfahrt durch ermahnende Hüter der Ordnung ging es auf den Bildschirmen im Geheimhaus normal weiter.

Milenas Gruppenleiter ordnete den Abbruch aller Aktivitäten und Auswertung des Einsatzes an. Die Analyse des Gesehenen erhitzte die Gemüter der Detektive. Handelte es sich um die Neutechnologie der verdeckt operierenden "No-Name-Organisation"? Ja! Die geometrisch abstrakte Abbildung des öffentlichen Raumes war das Computerprogramm der Stadtverwaltung. Diese verwendete zur Berechnung der Stadtfinanzen und anderer Aufgaben nicht die übliche sequentielle Datenverarbeitung, sondern Ansichten von Bildszenen. Die schier unendlichen Mannigfaltigkeiten der Bilder, erlaubten es, da sie sehr gleichartig und regelmäßig waren, alle EDV-Aufgaben zu bewältigen. Nur normierte Szenen erhielten so Erlaubnisrang. Milenas Hund lärmte etwas auf dem Korridor herum, die

Sitzung war beendet. Der Abschlussbericht wurde getippt und die Rechnung erstellt.

Bei der auftraggebenden Großadministration blinkte es weiß durch die Vorlagenmappe des Abteilungs-Chefs: Der Abschlussbericht von Proctor & Proctor war eingetroffen. Behutsam drang die Sekretärin in den Alkoholnebel ihres Chefs ein. Wie könnte die Großadministration auf solche neuartig-extreme EDV reagieren? Die oberste Chefin, "Ganz-Oben" genannt, sollte entscheiden - er selber wäre nur ein Strohmann. Die Reiseakte fuhr Fahrstuhl. Erst aufwärts. Dahin, wo nur Zusatzschlüssel die Weiterfahrt gestatteten. Hier wurden die Speisen magerer und frischer, mit Salat und fein abgestimmten Soßen und Suppen vom Büfett. Wie die verschlungenen Pfade des Kabelsalates, so abrupt änderte sich der Weg des Liftes. Uniformierte Hausmeister wiesen auf den Abwärts-Fahrstuhl zum betonierten Keller-Labyrinth. Weiß gekalkte Gänge leiteten an schweren Stahltüren mit runden Sicht-Verglasungen vorbei. Erfahrene Forscher hätten bereits in diesen Gängen eine eher biochemische Labor-Welt vermutet. Die Top-Managerin der Verwaltung hatte eine Keller-etage als Hauptquartier. Der Dezernent mit der Akte transpirierte leicht, als sich seine Chefin zeigte: Ein Hybridwesen aus Biologie und Informations-Verarbeitung entpuppte sich mit lächelndem Gesicht als seine Dienstherrin.

Süffisant grinsend diktierte sie ihre Anweisungen: "Wenn die Stadtverwaltung von MABOSTADT ihre EDV mit Szenen aus dem Stadtverkehr betreibt, dann ist dies verboten. Alle Überwachungskameras in MABOSTADT sollen ausgeschaltet werden. Es müsse dort eine Umänderung in normale, speicherprogrammierbare, sequentielle EDV stattfinden."

In den Glasgefäßen, die die Schnittstelle zwischen Biologie und Elektronik bildeten, blubberte leicht eine Flüssigkeit.

"Alle Anlagen hier betreibe ich mit den normierten Zufallsdaten der umliegenden Städte und Landkreise. Da kann MABOSTADT mir nicht in die Quere kommen. Wo kämen wir denn da hin, wenn hier jeder machte, was er wolle."

Draußen heulte wieder Milenas Hund, der zusammen mit Frauchen auf den Dezernenten wartete. Milena hatte mit dem Büroleiter noch ein Date ausgemacht.

Projektforschung bei Prof. Schnaken-feld

Schräg, schrullig und skurril zugleich sah das Outfit ihres Kommilitonen aus. Lässig rotierte an seinem Ohr ein facettiertes Windrad. Sein Schlummer wurde abrupt unterbrochen; Helga hatte nur leicht gepustet. Die rotblonde Sekretärin erkundigte sich nach Helgas Schein für ein Seminar im Fach Mathematik zum Thema Logarithmus. Denn Helga hatte an der Sorbonne in Paris ein Semester Mathematik studiert und die Bescheinigung sollte per E-Mail mit elektronischer Unterschrift bereits gedrahtet worden sein. Spannende Bildschirmminuten vergingen, dann das Jawort: Grünes Licht.

Dibbernd erwartete die Flurbrigade das Thema des Examens-Projektes: "Garantiert schreiben wir über den Ehrbegriff sozialer Randgruppen."

Prognose und Wirklichkeit. Die Assistentin las der Arbeitsgruppe das Thema vor: "Entfalten Sie anhand empirischer Studien den Ehrbegriff nichtbiologischer Existenzen und Strukturen."

Aus! Namen in die obere Blattecke schreiben und Sofortabgabe.

Diese Mehrheitsmeinung der Diplomkandidaten konnte das Prüfungszentrum keinesfalls akzeptieren: "Nein, keine vorzeitige Abgabe!" Die nächsten drei Monate wollte das Sekretariat nichts mehr von ihnen hören. Ob der Schachcomputer des Studentenwohnheimes einen Ehrbegriff habe? Unwiderlegbare Kombinationen folgten der Langzeitschaltung. Wäre Ehre somit nur eine Frage von Software und maschineller Überlegungsdauer. Die empirische Reihenuntersuchung bestätigte eine Korrelation zwischen Zeit und Ehre, denn permanente Züge auf niedrigem Niveau wie "Springer vor und zurück" verursachten Unmutsäußerungen im Antwort-Verhalten der künstlichen Intelligenz, die doch das Summenprodukt einer Ingenieur-Generation war.

Helga und Carl erprobten die Sensibilisierung ihrer Ohrräder. Generierung von Gefühlen, umsetzen in Bitkombinationen. Progressive Software entfaltete sich: Konzeption visueller innerer Projektions-Flächen. Präsentation auf dem Monitor als Bildschirm-Figur: In der Gestalt akzentuierter Emotionsverkörperungen begegnetem dem "Hans" bei seiner Irrfahrt durch die Gefühlswelt ehrrelevante Faktoren. Alles rasch mit "Superklick", einem Creator für Computergames, programmiert. Spielen und staunen: "Hans" operierte auf dem Screen menschlich gefühlsbetont.

Professor Schnakenfeld lud das Team zu Quarkstullen und O-Saft ein. Der Haarmodellist im Uni-Viertel hatte ihm eben eine Glatze geschnitten. Futuristische Tätowierungen ersetzten nun sein wallendes Haupthaar. An den bizarren Eckpunkten klebten bunte LED, deren Flackern die innere Vibrationsaura dieses extrovertierten männlichen Subjektes der Umwelt mitteilten. Ihre Begeisterungsrufe taten ihm sichtbar blinkend gut.

Zwischen zwei Häppchen hantierte Fred an einem Computer-Spiel: Comic-Schnabeltiere, die sich reflexiv spiegeln und dann rekursiv rückgekoppelt auf ihre Spiegelbilder reagierten. Die herausgestreckte Zunge wurde per Wutanfall gekontert; schüchterne Demutsgebärden rührten zu Sanftmut und Stolz. Alles sei Liebe und Gravitation wäre die Sehnsucht der Materietierchen nach Ihresgleichen. Ob diese Ineinanderschachtelung von Biologie und Anorganischem Schlüsse von der uns vertrauten Seinsumgebung auf andere Welten zuließe?

Im Forschungslabor fokussierte sich die Spannung eines anderen Projekt-Kollektivs auf eine zusammengefaltete Gummibanane. Sie zerrten den Klappmechanismus im Inneren der riesigen Gummi-Frucht auseinander und "ah", der evakuierte Zeppelin schwebte leichter als Luft an der Decke. Das Stakkato einer politisch-musikalischen Groß-Veranstaltung schwoll durch die Fenster.

Sie gingen zu ihrer neuen Forschungsumgebung: "Billy-Ball-Raum" stand an der zweiflügeligen Stahltür. Schalttafeln, Signalflusspläne und Großbildmonitore dienten als visuelle Schnittstellen zwischen der alternativ-neuronalen Intelligenz und den Wissenschaftlern. Im Zentrum also "Billy-Ball": Hundert Bälle voller Ventile und Gummi-Leitungen.

"Was tust du momentan, Billy-Ball?"

Er versuche gerade Neben-Ichs in sein Bewusstsein zu emulieren, so dass bewusstseinsinterne Interaktionen ablaufen könnten. Inhalte finden, Maßstäbe entwickeln, die applaudierende Gemeinschaft der Neben-Ichs als Ehre. "Dreihundert Seiten", meinte lakonisch kauend Schnakenfeld.

Dig-In-Vehicles

Der Messe-Turm glänzte silbrig und bewegte sich kaum nachvollziehbar raumgreifend. Bewegungsbänder drückten Massen von Fachbesuchern zu diesem so markierten Zentrum der Ausstellung. Die Rollbänder beförderten dort ihre Benutzer in eine überdimensionale Sandkiste hinein. Das sandige Hügelland dehnte sich kilometerweit.

Motorenbrummen ließ Tiefbauherzen höher pochen, denn die neuen Dig-In-Vehicles zeigten ihre Buddelfähigkeiten. Raupenketten umgaben jedes Fahrzeug. Vorne drehten sich gigantische Bohrspindeln. Der Antrieb dröhnte. Vollgas! Die Sanddüne wurde untertunnelt.

Das Team der Reporter zückte Block, Bleistift und Kamera: Einsteigen zum Tiefgrab-Versuch. Fünf mit Fahrer saßen hintereinander. Luken dicht, Sauerstoff auf und Bug senken - Vollgas. Nur der Tiefenmesser blieb bei einer grünlichen Rekordzahl stehen: Eintausend Meter.

Das Erdreich öffnete sich plötzlich zu einer von seltsamen Fabelwesen bevölkerten Halle. Große Körper aus Fleisch und apparateartigen Metallgeräten mit mehreren Armen und Beinen rasten auf das Bodenraumschiff zu und pochten ungestüm an die Außenketten. Pochen, Kind säugen, Schuhe zubinden, das

konnten diese Wesen der Tiefe mit ihren Multifähig-
keiten gleichzeitig verrichten.

Nur noch die Flucht nach oben rettete das Rekord-
fahrzeug. Kreidebleich schrien Reporter diese Unter-
erdsensation in ihre Mobiltelefone. Plötzlich waren die
Verfolger da. Aus dem vertikalen Untererdtunnel
strömten kampfbereite Großwesen ins Messezentrum.
Geländeräumung und freundliche Gesten beruhigten
das unterirdische Milliarden-Volk. Dann war der Spuk
vorbei.

Olympia 4 mal 400 Hürdenlauf der Roboter

HARRY, der US-Amöbenroboter, lauschte mit halbem
Soundlevel auf die zittrige Stimme seines Betreuers,
der suchend aus dem Fenster des Mach-10-Jumbos
blickte.

"Jesus Christ, wo ist die Elbe geblieben?"

HARRY, dieser High-Tech-Sportler, linste nur kurz
aus dem Flieger und korrigierte seinen Namen auf "My
name is HARRY!" Dann empfing er aus seinem WGN
(**W**ireless-**G**lobal-**N**et) die Antwort: Die Elbe würde
wegen des Olympiastadions durch Rohrleitungen flie-
ßen!

Kurz nach dem Aufsetzen hockte HARRY mit seinen
maschinellen Sportkameraden der anderen Nationen in
den Startblöcken zur 4 mal 400 Hürdenstaffel. Einige
reckten und dehnten Arme und Beine.

HARRY verfügte über gequantelte Intelligenz ohne
Dioden, Transistoren oder Mikrochips. Jede Körper-
zelle wurde einzeln gesteuert. Er konnte sich sekun-
denschnell aus der Kugelform zum Zweibeiner entwi-

ckeln.

Der deutsche Startläufer namens PETER, ein Automat in Nano-Technologie, baute sich aus heranfliegenden Mini-Puzzles am Startblock auf.

Die Russen setzten auf ihren extrem gutaussehenden Hybridsprinter: Über dessen Stahlskelett gebräunte Zuchthaut gespannt war.

Japanische Ingenieure sandten einen traditionellen aber goldbeschichteten Eisenkerl ins Rennen. Diesem Roboter wurde eine besondere Fitness im Herausfinden und Stören der gegnerischen Frequenzen nachgesagt. Bei den Qualifikationen sollte ihm die Infizierung der Zentralintelligenzen einiger Wettkampfgegner gelungen sein. Und China startete mit einer holografischen Lichtgestalt.

Dann der Startschuss: Der chinesische Wettkämpfer machte einen Superstart. Ihm folgte der deutsche Robot-Sprinter dichtauf und streckte dabei rhythmisch geräuschvoll seine variable mikrotechnologische Gestalt. Rund und harmonisch glitt HARRY über die Hürden. Störung der führenden Sprinter wurde wichtiger als Einhaltung einer Ideallinie. Erste Störmanöver hinderten den Lichtroboter merkbar. Peter kam dran vorbei und das Feld holte auf. Irgendwann war der Lauf zu Ende. Gewonnen hatte die Heimmannschaft. Der Siegespreis: EINEINHALB BILLIONEN DOLLAR. Gigantomanie des Zwischenzeitalters. Spannung, existenzielle Spannung, weltweit. Was würde das Team wählen: Macht, Liebe, Erotik, Sport standen zur Auswahl. Die Welt atmete auf. Sie wählten Sport! Glück gehabt.

Ankunft kann nicht so schwer sein

Gepäckträger Fiete Schnabeldonk stapelte die beiden Reisetaschen seiner Kundin, einer pensionierten Lehrerin, ins Taxi und hielt dann freundlich die Hand auf, um die Münzen entgegenzunehmen, die sie aus ihrem Portemonnaie kramte. Gerne plauderte er mit Fahrgästen und nahm ihnen so die Unsicherheit in der fremden Großstadt. Der riesige Hauptbahnhof wäre sein Arbeitsplatz. Seit nunmehr einem Jahrzehnt besäße dieser Schnellbahnanschlüsse zum Airport und zum Landeplatz der Shuttles, fügte Fiete wie ein Reiseleiter hinzu.

Ja, schön erzählen könne er. Beide beobachteten, wie am Himmel eine silbrig glänzende Fähre nach der anderen aus dem Orbit herein schwebte und so Passagiere von Mond und Mars, sogar am heutigen Wochentag von der Wega, zur Landebahn brachten. Die reichen Weganer seien wohl eine schwierige Kundschaft, merkte die ehemalige Oberstudienrätin an, verabschiedete sich und der Mann vom Gepäck-Service marschierte zum Gleis 10, wo sich Türen der Schnellbahn öffneten.

Auf diesem Bahnsteig kamen Reisende aus den entferntesten Ecken des Weltraumes an. Wie stets bei Besuch aus dem All füllten Schaulustige die Brücke oberhalb der Rolltreppen.

Eine Ankommende verhedderte sich beim Aussteigen am Türgriff ihres Waggons und schwenkte deshalb ihren Arm oder besser ihr Arm-Modul hilfesuchend zum Gepäckträger. Selbst auf Fiete Schnabeldonk wirkte diese Frau von der Wega fremdartig. Ihr gesamter Körper bestand aus durchsichtigen Bauteilen aus Kunststoff. Irgendeine blutartige Flüssigkeit spülte durch ihre abnehmbar und austauschbar konstruierten Organe. Das weganische Blut stellte kein Endprodukt dar, sondern wurde immer wieder durch Zugabe einiger Tropfen optimiert. Sie wirkte geschwächt und wollte etwas Belebendes. Schnabeldonk hängte ihr den Übersetzungsapparat um und stöpselte ihn in eine interplanetar genormte Buchse an ihrer Schulter. Die Weganerin wies krächzend auf eine aktivierende Arznei im Medizinkoffer. Suchend fragte sie, wo ihre Puppe geblieben sei? In ihrem Kramkoffer wurde er dann fündig. Eingehakt wankte sie an seiner Seite langsam in Richtung Taxi-Stand mit. Die Koffer und Taschen stapelten sich hoch auf seinem Karren. Dann wurde ihnen der Weg von aufgeregten Leuten versperrt.

"Sie soll sich anziehen!", riefen Moralhüter am Treppenaufgang.

Wie viel Fremdheit konnte diese Stadt vertragen? Nur ein gläserner Modulkörper mit sichtbaren Bauteilen ohne Haut und Kleidung ließ alte Vorurteile gegen Eindringlinge aus fernen Sternenwelten wieder wach werden. Die Fremde von der Wega zeigte auf ihren Hautkoffer, der eine kombiartige Überstreifhaut enthielt. Gepäckträger sind Profis und unerschütterlich. Erst das linke Bein, dann das rechte. Wie eine nackte Puppe im Schaufenster stand sie nun unten vor der Rolltreppe. Oben vertrieben sich einige Punks mit Ticketbetteln die Zeit. Punk Ratze hatte seine Ratte wie immer im weit aufgerissenen Mund. Plötzlich ein Schrei, die Ratte sprang heraus und schnappte sich die Puppe der Weganerin. Fiete machte das Richtige, er träufelte Beruhigungsmittel in die Einfüllöffnung der Sternenprinzessin.

Ratze schrie: "Scheißviech, gib die Puppe her, oder du kommst in den Wald!"

Reumütig brachte die Ratte das Püppchen zum Herrchen, der diese dann lässig zum Gepäckträger warf.

Nun noch das Gewand der Prinzessin: Qual der Wahl. Heute sollte es ein dunkelblaues eng auf Taille geschnittenes Kostüm sein. Ihre Kunstformen wurden optisch unterstrichen und eine Schwester der Samariter lobte: "Das kleidet dich super, mein Kind!"

Vor der Taxe öffnete die Weganerin ihren Geldkoffer und packte goldene Nuggets in seine beiden Hände. "Danke Gepäckträger, du warst klasse!"

Hier hätte die Story über die Ankunft der Weganerin enden können, wenn die Reporter der NEWSAT nicht noch ein Statement von der Sternenprinzessin gefordert hätten.

"Nein, nein, nein! Ich habe nichts zu sagen, mein Gebieter Alabastor soll reden."

Verwirrt rätselten die Fernsehzuschauer über den Sinn ihrer Antwort. Entsetzen lief süß schaudernd durch die sonst gelangweilte Fernsehwelt, als die Hülle der Puppe durch ein rochenähnliches Untier von innen her zerrissen wurde. Krächzend orderte Alabastor einen Teller Blutsuppe mit Pfeffer und Salz.

Gold für Zylonka

Die städtische Zentralbank lag wuchtig mit modern gestylter Fassade in der Morgensonne. Hinter hochgelegenen Fenstern ließen einige Männer vom Sicherheitsdienst die Zufahrt mit ihrer Schleusenanlage zum Innenhof nicht aus den Augen. Wachsam, teilweise auch fachmännisch, sahen die Uniformierten zu, wie Sonja, die Hauselektrikerin, eine Schaltkonsole mit

Lämpchen und Drehschaltern behutsam abhob.

"So, für einige Minuten muss ich die Torsteuerung leider abschalten. Ihr habt keinen Saft mehr. Ich meine, dass die Schleuse dann nicht mehr auf geht", warnte sie.

Auf dem Überwachungsmonitor der Einfahrt zeigte sich ein buntbemalter alter Straßenkreuzer. Der etwas abenteuerliche Fahrer stiefelte zur Sprechanlage: "Gold für Zylonka! Wir sollen Gold abholen!"

Bankdirektor Müller betrat die Schaltwarte und informierte die Sicherheits-Mannschaft.

"Bitte fertigen Sie die Gold-Lieferung für Zylonka mit Vorrang ab."

"Ne, Chef, kannst mit uns nicht machen, gibt an diese Bande keine Goldlieferung", widersetzte sich der Schichtleiter.

"Tor auf oder sie sind entlassen!"

Der Ton des Abholers an der Sprechanlage wurde mahnend: "Dann kriegt ihr die Gemälde eben nicht!"

Sonja nahm den Schraubendreher und piekte ihn in das Wendeschütz. Es blitzte und knallte in der Schaltanlage und das Tor öffnete sich rumpelnd.

"Wie immer echte Zylonka Gemälde gegen Goldbarren!"

Der Bankdirektor nickte verständnisvoll, während Arbeiter im Haupttresor die Krananlage bedienten und eine Palette mit eintausend Kilogramm Gold in das Uraltauto aus Zylonkas Fuhrpark rein stapelten. Der Leiter des Sicherheitsdienstes protestierte schwach.

„Okay, in einer Stunde Konferenz bei mir in der Chefetage", kündigte der Bankdirektor die klärende Besprechung an.

„Die Welt ist unbeherrschbar geworden! Links gegen Rechts, Nord gegen Süd, Religion A gegen Religion B.

Entnehmen Sie die Problematik bitte den Nachrichten.

Eine internationale Konferenz auf Regierungsebene hat Herrn Kalle Zylonka beauftragt, die Weltlage in seinem wissensbasierten Analyserechner zu ergründen und binnen der nächsten drei Tage das Ergebnis den beauftragenden Stellen mitzuteilen. Für dieses Vorhaben benötigt Herr Zylonka Kapital. Wir, die Zentralbank von Fundstadt, liefern ihm Gold gegen Gemälde. Sie werden unseren Geschäftspartner, Herrn Zylonka, gleich persönlich kennen lernen."

Schnelle Schritte näherten sich. Der untersetzte, kräftige Kalle Zylonka stand mit breiten bunten Hosenträgern in der Eingangstür.

"Fünf Minuten, höchstens", rappelte er herunter, während er in einem knallig roten Aktenordner wühlte.

"Der Rechner ist in einer ehemaligen unterirdischen Bunkeranlage installiert. Für jede analysefähige Partei oder Gruppierung der Erde gibt es einen Hochleistungscomputer, insgesamt tausend Computer. Danach werden diese Daten als eine Art Weltsimulation zusammengeschaltet. Auf das Ergebnis bin ich gespannt. Das Gold wird für die Bezahlung der Informanten und Agenten benötigt. Noch Fragen? Keine! Danke, meine Damen und Herren. Tschüss."

Wissenschaftler hinter Bildschirmen warteten gespannt auf die Anzeige. Eine riesige Projektionswand sollte auch den auf der Zuschauer-Empore sitzenden Regierungsmitgliedern das Ergebnis mitteilen.

"Es ist da!", schrie Zylonka ins Mikrofon.

Der Bildschirm formte fast verschämt den entscheidenden Satz: "JEDER MENSCH WIRD IN ZUKUNFT INDIVIDUELL VON ROBOTERN ÜBERWACHT!"

Stadtexperiment - wahre Geschichte

Aufmerksamen Stadtbummlern am Samstag fällt es zur Mittagszeit auf: Die Sirenen heulen kurz.

Meistens nur ein langgezogener Heulton: "Entwarnung."

Manchmal auf- und abschwellend: "Luftalarm."

Für die älteren Leute stellen diese akustischen Signale eine konkrete Erinnerung an schreckliche Zeiten dar. Für Jüngere sind sie eventuell ein Gedenken an die Flutkatastrophe in der Altstadt.

Nun, die Landbevölkerung kannte dieses Heulen sowieso: "Willi, du muss los, de rode Hahn bi Meiers oller Kate!"

Wer wird nach denen fragen, die diese Sirenen betätigen. Ach doch, jemand will dies wissen? Nun, manchmal wurde der rote Knopf zur Mittagszeit - pünktlich um zwölf - von mir betätigt. Jemand hatte mich unbemerkt in die Liste der Diensthabenden eintragen können. Ich hatte vergessen, die Freistellung vom Dienst in der Alarmierungszentrale zu beantragen. Sonst war es immer vom Kommandeur bestätigt worden, dass irgendein Geheimprojekt von mir betreut wurde. Es gab keinen Ausweg, der Personalsachbearbeiter hatte mich für den nächsten Tag in die Liste der Diensthabenden eingetragen.

Morgens musste es schnell gehen: "Füllst du mir bitte den Tee in die Thermokanne, packe bitte auch eine Joghurt ein, nicht wieder die Kunstmassen-Leberwurst."

Dann ratterte mein VW-Käfer mit Auspuff-Bandage in die Garage des beflaggten Dienstgebäudes. Möblierung, wie sie sein soll - abgeschabte Schreibtische und dahinter Stahlschränke, die von vielen fleißigen Dezernaten, Stabsabteilungen, Referaten und Referenten mit Aktenordnern, Vorgängen, Asservaten und versiegelten Umschlägen vollgestellt worden waren.

Der vorherige Wachhabende hatte schon das Weite gesucht. Eigentlich wollten wir zusammen eine kurze Kontrolle des Schrankinventars vornehmen. Nun gut, nächstes Mal.

Das Blitzmädchen aus dem Telefonbunker machte die Übergabe: "Nelly ist jetzt unten. Sie hat keinen Whisky mehr, dein Job! Ich bleibe bis Nachmittag auf deiner Couch und nerve dich, kann so besoffen nicht zur Mutter stolpern. Nelly und ich haben keine Angst vor dir. Kannst sehen, woher du deine Meldungen kriegst, wenn wir auf dem Trockenen bleiben müssen!"

"Nun, du weißt, ich liebe euch alle beide. Das Geld für euren Johnny-Walker ist in der Kasse, die ist im Tresor, an den komme ich nicht ran. Du kannst mir einen neuen Auspuff spendieren. Bin verheiratet, wenn du mich mit deinem blonden Lover verwechselst haben solltest", entgegnete ich geschult beschwichtigend. Sie gab schnarchend Ruhe.

Der Routinedienst begann: Anruf bei Kommando A, dann Rückruf von Dienstetage B. Alles per Betriebsfunk zur Privatwohnung des Kollegen, der dann per Telefon als Relaisstation funktionierte. Totalausfall des Telefonbunkers wegen schmollenden Whisky-Entzugs.

Für alle denkbaren Szenarien gab es einen Umschlag, der wiederum Anweisungen für den Diensthabenden enthielt: "Erstens: Veranlassen Sie die Hinzuziehung des Kommandanten über die Rufnummer 99. Zweitens: Holen Sie ihre Ausrüstung aus dem Gebäude 23a ab."

Irgendwann aß ich die erste Stulle, trank ein Gläschen Tee. Was gab es Neues in der Welt? Der

Kurier hatte die Zeitungen gebracht. Zwölf Uhr mittags: Zeit für die Alarm-Sirene. Da staunte ich nicht schlecht.

Silva stand mit entblößter Schulter vor dem Alarmknopf und meinte schelmisch: "Drücke doch hier mal, mein Süßer! Du verdreifachst dein Gehalt und kriegst die Silva als deine Dienstsklavin!"

Wie am Siebenmeterkreis beim Handball, versuchte ich zum Sirenenknopf durchzukommen, Täuschung links, dann drücke ich rechts. "Ah", der langgezogene Heulton, die "Entwarnung!"

"Dienstgeiles Arschloch!", war Silvas Dank.

Wer mochte ihr etwas übel nehmen? Niemand. Sie rauschte davon. Nunmehr wurde es erholsam still. In den Schaufenstern der Stadt leuchteten Großbildschirme, die den neuesten Diskussionsstand zu Themen der Stadt und ihrer Bürger wiedergaben. Besonders interessierten hier die Thesen und Gegenthesen über Stadtfinanzen. Eine wohlhabende Stadt. Goldene Wasserhähne fehlten nur bei wenigen Bürgern. Die zielorientierte Erarbeitung von Wohlstand und Vermögen war nach und nach durch den lässigen Genuss dieser Errungenschaften ersetzt worden. Es ging finanziell sichtbar bergab. Allen Bürgern hatte die Stadt Kreditbürgschaften eingeräumt und nun sollte dies ein Ende haben.

Erregte Bürgerfragen an den Vorsitzenden des Finanzausschusses. Er hatte die rettende Idee: Von der Weltunion war eine Metropole gesucht worden, die für Experimente zur Verfügung stand, und sich dies sehr gut bezahlen ließ. Alle waren einverstanden, die Stadt wurde "Welt-Experimentier-Metropole".

Warum malten die bloß überall riesige Rotpunkte auf die Gehsteige? Plötzlich drang in die Gedankenwelt der Bürger der Wunsch, sich genau innerhalb der Rotpunkte aufzuhalten. Unwiderstehlich - die Menschen krochen teilweise rückwärts auf allen Vieren in die Kreise. Es gab kein Gedankenentrinnen. Gewissensbisse zwangen zur Ausführung, wechselten dann zu groben Kommandoworten. Der erste Schritt in Richtung des roten Kreises wurde motivierend schmeichelnd belohnt. Zwischen den so taumelnden Bürgern am Rande des Wahnsinns liefen Experimentatoren mit Abwehrhauben aus Drahtgeflecht auf den Köpfen herum. So geschützt konnten diese Versuchsleiter unbeeinflusst von der riesigen neuronalen Gedankenanweisungs-Anlage, die auf dem Marktplatz stand, Unstimmigkeiten klären und schließlich das Licht ausmachen, wenn der letzte Bewohner sein Haus verlassen hatte. Über den Dächern thronte in seiner gläsernen Zentrale auf dem Regierungspalast der Stadtchef Manfred Witze: "Wir starten nunmehr die zweite Phase des Experimentes - eine Evakuierung der gesamten Einwohnerschaft zum Mars!"

Hupend kamen Autobusse zu den roten Punkten mit den Menschenansammlungen - und hörten gar nicht mehr auf zu hupen. Vermutlich eine Fehlfunktion der Autoalarmanlagen der Busse.

Es krachte, ich war vom Stuhl gefallen. Draußen stand hupend meine Ablösung, die das Kärtchen für die elektrische Öffnung der Garageneinfahrt zu Hause vergessen hatte und meinen öffnenden Knopfdruck benötigte. Er fragte, wie der Dienst verlaufen sei.

"Ein Traumjob, mach' es besser!", murmelte ich verschämt.

Am Rande der inneren Stadt

Endlos ratterten die Waggons des D-Zuges über die nächtlichen Gleise. Regenschauer malten Schlieren an die Scheiben und ich genoss den Besitz eines Tickets, das ich per "Hallo, haben Sie vielleicht eine Fahrkarte für eine Krankenhausfahrt?" dann letzten Endes doch noch bekommen hatte. Überstanden! Neunzig Prozent aller Menschen sind extrem gutherzig. Großstadtbahnhöfe, nur vom Feinsten. Chromgeländer ragten aus Glas-Aluminium-Fassaden. Reicht das Bettelgeld für den Bahnsteig-Cappuccino? Knapp, aber genussvoll.

Die Provinz hingegen tarnte sich in der Regennacht. Schwache Mitternachtslaternen enthüllten Eigenheimsiedlungen mit Bretterbuden auf Leibrentengrundstücken. Die Frequenz der ratternden Räder auf den Gleisen sank, selbst die Güterzüge schienen Vorrang zu haben. Der Bahnhof von Erinnerungen an weit zurückliegende Zeiten war da: KREIENSEN. Alt und ehrwürdig, nun modernisiert. Immer war es Nacht, wenn ich durchrollte und jedesmal prasselte Regen gegen die Schiebefenster. Vor Jahrzehnten lag ich in einem Gepäcknetz, als unser Personenzug mit angehängten Güterwagen hier zum Stehen kam. Fenster runter, alle stählernen, grauen Kolosse standen noch auf ihren breiten Ketten auf den flachen Güterwagen. Wenige Stunden später würden schlaftrunkene Gestalten mit Barett die Rohrungeheuer entladen und zu einem nunmehr längst vergangenen Übungskrieg lenken. Aus und vorbei, die Gegenwart hatte mich wieder, das Abteil war warm und die Fahrt bezahlt.

"Ich bitte doch nur um ein Nachlöseticket."

Die belesene junge Frau mit den sanften brünetten

Haaren kämpfte um ihre Weiterfahrt. Vermutlich eine Schriftstellerin mit Chalet nahe Paris. Die Umsatzbeteiligungen waren knapp und würden für Miete benötigt, nicht für Fahrtkosten zu Lesungsorten. Nur eine Vermutung. Der Schaffner will sie in Kassel an die Polizei übergeben. Schon vor einigen Stunden wollte er dies in Hannover tun entnahm ich dem Gespräch.

Halb ersticktes Bellen tönte aus dem Toilettenabteil. Ein Schwarzfahrer mit Hund, Radio und klapperndem Survivalgepäck musste zu uns ins Abteil. Kein Abwurf auf freier Strecke, aber die Bahnpolizei wird Arbeit haben. Der Survivaltyp hatte ´ne Macke, drehte das Radio auf und stocherte ständig mit seinem kleinen Finger in Richtung der Mitfahrgäste. Sie flüchtete zum Schaffner und war nicht willkommen. Der Tramp weigerte sich, seinen Lärmkasten erträglich zu stellen. So entschied sich der Bahnbeamte für einen außerplanmäßigen Halt an einem stillgelegten Bahnhof, der von Unkraut überwuchert war. Raus! Für sie und ihren Mörder. Scheiße! Neugier und Helfersyndrom ließen mir keine Ruhe. Auch ich krabbelte die Waggontreppe runter und folgte den Dreien.

Er brabbelte lächelnd aggressiv und ich entgegnete etwas provokativ, dass auch er ein virtuelles Wesen sei.

Regen und Sturm zwangen uns, durch ein Loch in den Keller einer Ruine zu kriechen. Wir waren nicht allein und es ging immer tiefer in eine zerstörte, unterirdische Depotanlage hinunter. Gestalten, wie aus einem Gruselfilm, lagerten um eine Feuerstelle. Schwerste Amputationen und Verletzungsnarben zeugten von einem harten Leben in Fabriken, von Straßenkämpfen und Krankheiten in Übersee.

Eindringlich sprachen sie auf die junge Frau ein: "Wenn alle weg sind, wenn du dann ganz alleine bist."

Themen kamen auf. Über Logen in Casablanca und Macht auf Sizilien. Die Urmacht der Welt. Hier, hinter der von Säure vernarbten Stirn, wir würden nun in sie eingeweiht.

Irgendwann blinzelte Sonne durch eine Betonritze, und ich versprach den Kasten Bier. Sie kletterte in den nächsten Bus. Bauern ließen sich mit mir auf ein Abzahlungsgeschäft ein: Retour per Wertbrief. Nein, ich war noch zu jung, nur Kasten abstellen und "see you later."

Nudelauflauf essen, Cola trinken, Zeitung lesen im Restaurant: Das ist meine Welt.

Eine abgedrehte Schiebung am Rande der Galaxie

Die Story "Eine abgedrehte Schiebung am Rande der Galaxie" ist die erste Episode der Galaktopol-Serie, in welcher die Erlebnisse der jungen Zeitungsreporterin Silva Wittig ungefähr im Jahre 3000 geschildert werden. Sie schreibt Reportagen über Einsätze von Galaktopol, welches die oberste Polizeibehörde der Milchstraße ist. Oftmals begleitet sie Polizei-Oberst Peter Henninghaus bei dessen Ermittlungen oder lässt sich von ihrer Kollegin Monika Zarthold bei Abfassung der gemeinsamen Kolumne helfen. Die Rahmenhandlung der gesamten Galaktopol-Serie wird in dieser ersten Episode "Eine abgedrehte Schiebung am Rande der Galaxie" geschildert.

Silva ließ Orangensaft aus der Karaffe in ihr Kristallglas strömen und schubste noch einen Eiswürfel hinterher.

Vortragspause! Auf dem Projektor lag noch hell erleuchtet die Overhead-Folie mit einem Diagramm, das die hierarchische Struktur der Kriminaldienststellen der Galaxie Milchstraße zeigte. Langsam wanderte Silvas Blick an dem Diagramm empor. Die aufgezeichnete Stab- und Linienorganisation strahlte wie die Bizeps eines fast erotischen Bodybuilders Stärke und Sicherheit aus: Hierarchische Strukturen, so herrlich männlich, duftend nach Rasierwasser. Was half es ihr, in abgelenkten Gefühlen zu schwelgen, dies zuhörende Sitzen stellte den Alltag einer freien Journalistin dar. Noch einmal von unten nach oben: Ganz klein fing es mit lokalen Detektivbüros, kontinentalen Kriminaldienststellen, globalen Ermittlungsdiensten, Kriminaldepartments des Sonnensystems an und ging dann hoch bis hin zu GALAKTOPOL, der obersten Kriminalbrigade der Galaxie. Präzise bei denen saß sie im Vortragssaal, um eventuell irgendeinen kriminalistischen Superknüller hautnah recherchieren zu können.

"Kommen wir zu deiner Frage, Silva. Welche Ermittlungssache liegt mit höchster Dringlichkeitsstufe als Chefvorlage im Eingangskorb? Sie sind gespannt? Fast tausend Meldungen über Rohstoffdiebstähle im galaktischen Rahmen trafen hier in der letzten Zeit ein. Die zentrale Doktrin bezüglich der Zusammenarbeit mit Robotern wird sicherlich den meisten Zuhörern bekannt sein: Allen hochintelligenten Automaten wird strengstens untersagt, Kenntnisse und Tätigkeiten im Bereich der Rohstoffbasis zu erwerben beziehungsweise auszuüben. Durch jene Vorschrift bleiben Roboter auf den Menschen angewiesen und können diesem gegenüber keine dominante Rolle übernehmen."

Silva schnippte mit dem Finger, bis sie ihre Frage stellen konnte: "Wie können wir uns Diebstähle von

Rohstoffen vorstellen? Schlendern da Roboter mit ihrer Aktentasche voller Aluminium-Teile aus der Automobilfabrik? "

"Ach Fräulein Silva Wittig, der Fall ist so brisant, am liebsten möchte ich ihn weiter nach oben geben. Aber wir kommen aus der Zuständigkeit nicht heraus. Über uns gibt es keine höhere Detektivdienststelle mehr. Was hat sich ereignet? Interstellare Großraumtransporter kamen nur noch mit halber Rohstoffladung am Bestimmungsort an, obwohl die Versandpapiere stets absolut in Ordnung waren. Alles nur Hirngespinste, ominöse Vermutungen? Für Vortragsteilnehmer, die weniger Kenntnisse über interstellare Normierungen von Einrichtungen zur Informationsübertragung haben, hier ein kleiner Einschub: Die Himmelskörper des galaktischen Verbundes werden durch ein System überlichtschneller Nachrichten-Raketen verbunden, die auf ihren Linienflügen permanent Nachrichten per Funk sammeln und ausstrahlen. Passiert solch eine Info-Sonde einen Himmelskörper, so empfängt sie alle relevanten Daten der dortigen Bevölkerung. Umgekehrt sendet die Sonde alle zuvor von anderen Planeten eingesammelten Videos, Texte und Tondateien an die Empfangsanlagen. Auf jedem bewohnten Mond oder größerem Himmelskörper sind in den Städten zentrale Kameras installiert, die es auch einzelnen Menschen erlauben, kurz ein Anliegen an die galaktische Gemeinschaft zu senden.

Kollege Kellermeier wird Ihnen nunmehr ein solches Video vom Mars vorführen, der ja für seine riesigen Bauxit-Vorkommen bekannt ist. Dort entstehen in aufwendigen Verfahren Aluminium-Legierungen für alle Spezialanwendungen. Bitte das Video!"

Die Vortragsteilnehmer konnten einen weiten Platz

erkennen, auf dem Menschen und auch Ordnungsroboter versammelt waren und vermutlich kleinere Geschäfte besprachen oder makelten. Einige tauschten erste Vertrags-Unterlagen oder verteilten die Kataloge ihrer Versandgeschäfte. Werbehostessen zeigten Plakate mit Bildern raffinierter Quarkmischungen oder Sonderbekleidung für extremen Freizeitsport.

Plötzlich gab es Aufregung, ein Geschäftsmann mit Krawatte rannte schreiend auf die Bildsammelstelle zu und schrie: "Man klaut Rohstoffe, es gibt Schiebungen mit Rohstoffen!"

Ordnungsroboter reagierten sofort, stellten sich vor die Kameralinse und deckten das Mikrofon ab. Wenige Minuten später erblickten die im Saal versammelten Zuschauer wieder nur die bunte unbekümmerte Mars-Geschäftigkeit unter der hohen Glaskuppel der Stadt.

"Wie werden solche Vorfälle von der politischen Leitung des gezeigten Planeten beurteilt?", wollte ein anderer Besucher wissen.

"Die Aussagen des Einzel-Demonstranten konnten nicht verifiziert werden. Allerdings soll eine Überprüfung der Roboter-Programmierung stattfinden. Ermittlungen zu diesem Typus von Sachverhalten enden somit meistens unbefriedigend und vage."

"Das wird nun spannend! Wie lautet die Entscheidung Ihrer Dienststelle?"

"Wir alle, die wir hier in diesem Vortragssaal versammelt sind, werden einem Raumtransporter, der den Mars verlässt, folgen und gucken, ob während des Fluges Ladung beiseite geschafft wird!"

Etwas erstaunt blieben die Zuhörer sitzen, während Silva sich hastig wegen dringender Termine verabschiedete. Silva verließ Galaktopol per Rollbänder-Fahrt. Endlich Frischluft aus den Gewächshäusern und freier Blick über die verschachtelte Wohnlandschaft ihrer Planetenheimat. Sie wohnte in einem Appartement am Rande von RINGSTADT. Unterwegs wollte sie unbedingt noch die DAILY SATURN am Kiosk kaufen, ein Boulevard-Blatt, aber ihre Freundin Monika hatte dort eine Kolumne und sie selber durfte in der Redaktion häufig auch noch ihr Taschengeld zusammenschreiben.

"Die Daily, bitte!", rief atemlos ein Herr im Trenchcoat neben ihr.

Langsam klickte es hinter Silvas Stirn: "Den Typ kennst du doch!"

Es war der Referent, ihr Bekannter aus der Polizeizentrale, der agile Peter Henninghaus. Er hatte ihre Überraschungs-Fähigkeit auf den Punkt getroffen:
"Hallo Silva, deinen Flug habe ich gebucht, du fliegst bei der Verfolgung des Rohstofftransporters mit."

Ihr Erstaunen beantwortete er mit einem Hinweis auf die Allgegenwart und Observationsfähigkeit von Galaktopol. "Der Einzelne ist Nichts, Galaktopol ist Alles", bemerkte er nun auf Verständigung bedacht.

"Nun gut, dann bin ich eben deine persönliche Gefangene."

Sie bestiegen beide eine der flinken Fahrkabinen. Irgendwann verlor sie den Überblick. Die Kabine hielt vor einem unübersehbar großen Werksgelände. Die Reporterin und der Polizeioberst passierten einige Wachhäuschen mit Schlagbaum davor, bis beide wieder bei den anderen Zuhörern des Vortrages angelangt waren. Anscheinend hatte man sich hier vor dem Tor einer Werkshalle für Raketen auf dem Gelände einer gigantischen Weltraumwerft versammelt. Das Werksgebäude war leer. Die Besucher gingen etwas teilnahmslos umher. Dann sammelten sich alle wieder auf einer kleinen Tribüne und der Referent, Polizeioberst Peter Henninghaus, bat die Arbeiter, wieder zurück auf Sichtbarkeit zu schalten. Die Überraschung gelang perfekt. Vor ihnen lag plötzlich ein riesiger Raumkreuzer, dessen Hecktriebwerk nach rückwärts sogar gegen ein Sichtbarwerden des Heckstrahles abgedeckt war.

"Tja Freunde, unsichtbar und untastbar, fand auch ich erstaunlich."

Der Betriebsleiter der Werft erläuterte Details des Aufklärungskreuzers mit dem Namen KAPITÄN VAN DARK: "Jede Baueinheit ist hochintelligent und besitzt im Zusammenspiel mit anderen Teilen ein hohes Maß an Eigenständigkeit."

Er ließ den Sichtbarkeitsmodus eingeschaltet und ging auf das Schiff zu: Die Außenhaut wölbte sich nach innen und ließ den Chefingenieur quasi wie durch einen Torweg das Schiff durchqueren.

"Die Inneneinrichtungen und auch alle Sitze werden dann jeweils beiseite geschoben. Darf ich prahlen? Dieser Raumkreuzer stellt ein Glanzstück galaktischer Ingenieurskunst dar und ist das teuerste, was bisher raketengetrieben durchs All jagte."
In langer Kolonne stiegen die menschlichen Passagiere ein und ließen sich von der Besatzung beschleunigungsfest machen. Jeder Platz sah wie eine fortschrittlich, instrumentierte Intensivstation aus: Festgeklebte Sensoren zur Puls- und Blutdruckmessung, Kanülen für Pharmazeutika zur Kreislaufstabilisierung. Neu und richtig niedlich die kontrollierende Automatikkrankenschwester mit permanenten Fragen zum momentanen Befinden. Durch ihr Beobachtungs-Periskop sah Silva wie emsige Werftarbeiter die gigantischen Feststoffraketen außen montierten. Diese Beschleuni-

gungs-Ungetüme sollten eine hohe Fluchtgeschwindigkeit gewährleisten und würden wenige Stunden nach dem Start wieder abgetrennt werden.

Die Automatikschwester meldete sich zu Wort: "Ihr Mageninhalt hat den zulässigen Füllstand für Extrembeschleunigungen überschritten. Der Brechvorgang wird eingeleitet."

Es war zum Kotzen. Es war ein Fehler. Niemals wieder würde sie sich für den hübschen Polizeioberst Peter Henninghaus von Galaktopol interessieren. Stundenlang dauerten die Beschleunigungsschübe bis der Aufklärer in der Nähe des Planeten Mars seine unsichtbare Beobachtungsposition eingenommen hatte. Nach einer ziemlich langweiligen Überwachungswoche sahen sie einen riesigen Raumtransporter von der Marsoberfläche aufsteigen und Kurs auf den Sirius nehmen. Verfolgung über Wochen, dann kamen einige Planeten dieser Raumregion in Sicht und wurden von dem Transporter nicht angesteuert. Weiter, immer weiter, ging es in den nunmehr leeren dunklen Weltraum hinaus. Plötzlich wurden Tonnen von Aluminiumschrott aus dem Raumschiff für Frachtbeförderung hinaus bugsiert. Der Transporter drehte ab und die KAPITÄN VAN DARK folgte den Ladungsballen in irgendeine Unendlichkeit des Raumes. Auf Bildschirmen konnte Silva wie auch die anderen Passagiere alle Flugdaten ablesen. Erstaunlicherweise nahm die Geschwindigkeit der frei fliegenden Ladung immer mehr zu.

Bordlautsprecher informierten über diese neue Situation: "Achtung, das Beobachtungs-Objekt nähert sich einem Gravitationszentrum: Beschleunigungs-Alarm!"

Es ging schon wieder los. Alle Kochkunst der asiatischen Köchin war heute umsonst. Silva hatte ihrer Automatik-Pflegerin ein papiernes Häubchen aufgesetzt, das jetzt langsam herunter rutschte.

Wie sie deren Ansagetext hasste: "Raumflug-Passagierin Silva, ihr Mageninhalt hat das zulässige Füllstandniveau für extreme Flugbedingungen überschritten. Der Brechvorgang wird eingeleitet!"

Wie im Kino. Sie flogen in einer dunklen Raumregion mit hoher Gravitation. Plötzlich tauchte um sie herum eine von grell scheinenden Kunstsonnen hell erleuchtete Planeten-Welt auf. Die elektronische Lage-Analyse lief auf Hochtouren. Es handelte sich um ein Gravitationszentrum, gebildet aus unzähligen merkurgroßen Planeten und zwei kleineren Sonnen. Wie ein kugelförmiges Aquarium, in dem Goldfische kreuz und quer schwammen, so entfaltete sich diese Kugelgalaxie vor ihren Augen. Das Zoom des Teleskops ließ einige Raumschlepper erkennen, die eine enge Gravitations-Anbindung zu einem abgewichenen Planeten hergestellt hatten und diesen langsam wieder in eine konzentrische Position schleppten. Dann konnten alle einen Raumfrachter erkennen, der die Aluminiumballen übernahm und einen Planeten mit Gebirgen, Meeren und ausgedehnten Siedlungsräumen ansteuerte. Nach Landung wurde der Recycling-Schrott durch Förderfahrzeuge zu einem ebenerdigen offenen Metalllager transportiert.

"Und nun?", fragte Silva einen Offizier von der Besatzung. Auch Polizeioberst Peter Henninghaus lief mit Sorgenfalten auf der Stirn herum.

"Diese Überraschungs-Lage wird erörtert und durch eine überlichtschnelle Nachrichtenrakete an das Lagezentrum unserer Dienststelle gemeldet. Wir werden sehen."

Warten im Strom der Gravitation. Die Steuerleute leisteten Schwerstarbeit. Dann kam Nachricht von der galaktischen Zentrale: Eine Flottille schwer bewaffneter Raumkreuzer sollte in wenigen Stunden eintreffen und den Angriff führen. Silva klebte der Angstschweiß auf der Stirn.

"Oh Gott, das wird so wie in den gröbsten Filmen der Serie ABENTEUER WELTALL." Plötzlich stürmte in ihrem Sehfeld die galaktische Flottille mit ihren Kampfschiffen heran.

"Alles auf Gefechtsstation!"
Silva setzte ihren riesigen Schutzhelm auf, denn gemäß ihrer Basisausbildung in Raumverteidigung sollte sie die Richtkurbeln einer überdimensionalen sechsläufigen Revolverkanone bedienen. Der stämmige Rohrwechsler mit Asbesthandschuhen grinste.

"Jetzt gibt es für Sie, mein schönes Fräulein, nur noch eine Sünde: Den Fehlschuss!"

"Du Oberschlauer, hast doch nur wieder Rohrkrepierer."

Lautsprecher dröhnten: "Angriffsbeginn in 10 Minuten!"

Ladeschützen mit geölten Raumtorpedos auf Rollschlitten drängten sich dicht gestaffelt in den Gängen.

Dann die Stimme des Flottillenkommandeurs: "Abbruch des Angriffs. Flottille blockiert Fremdgalaxie, um eine weitere Versorgung mit Rohstoffen zu verhindern."

Silva atmete auf. Was war geschehen? Statt einer Antwort gab es für die KAPITÄN VAN DARK den Rückflugbefehl zum Saturn. Der Verfolgungs-Auftrag hatte besser als erwartet geklappt. Auf dem Saturn verabschiedete sie sich von Henninghaus.

"Wo wirst du den Artikel veröffentlichen?", wollte er wissen.

"Im DAILY SATURN. Dort hat meine Freundin Monika eine Stelle in der Dokumentation."

Der Rohstoff-Roboter-Krimi entwickelte sich sensationeller als es sich die wissbegierigen Einwohner des Planeten Saturn es sich hätten träumen lassen. Per Indiskretion waren mehreren Nachrichten-Agenturen Inhalte der plötzlich aufgetauchten Karamann-Papiere zugespielt worden. Es handelte sich um Geheimprotokolle und Verträge des Planeten-Staatssekretärs Friedrich Karamann. Die Dokumente belegten eine seit Jahren andauernde Zusammenarbeit mit der Rohstoffe raubenden Bevölkerung jener Kugel-Galaxie. In der Redaktion war die Monika los: Sie brüllte lautstark in drei Sprechkapseln gleichzeitig und jagte die Boten der Redaktion durch alle Abteilungen und Archive.

"Warum war der Befehl zum Angriff annulliert worden?"

Die Staatsaffäre konnte nicht mehr aufgehalten werden. Selbst präsidentennahe Politiker sollten mit Grundstücken auf Planeten der rebellierenden Roboter geködert worden sein. Offenbar war es zum Abbruch des Angriffsbefehls gekommen, weil diese Schieber und Betrüger für ihre Grundstücke Wertverluste befürchtet hatten, wenn die Zivilisationszentren der rebellierenden Roboter von Raumtorpedos beschädigt worden wären. Dann Monika: "Hier ein leeres Blatt, Silva, schreib meinen Artikel! Was soll man da noch notieren?"

Am nächsten Tag gab es an den Standplätzen der Zeitungsverkäufer Warteschlangen: "DAILY SATURN, der Skandal, Karamann Papiere beweisen Riesen-Schiebung!"

Peter Henninghaus konnte nicht solange warten, bis die DAILY SATURN in seinem Büro lag. Bereits unterwegs kaufte er sich an einem Kiosk nahe dem Explorer-Ehrenmal die Zeitung. Der Artikel von Silva war sogar in Fettdruck herausgehoben worden und prangte als schmaler Text auf dem Titelblatt:

"Politische Informationen von Monika Zarthold. Gastjournalistin Silva Wittig: Die Karamann-Papiere - es ist zum Kotzen. Man kann gar nicht soviel fressen, wie man kotzen möchte. Nein, ich berichtige, man kotzen muss. Aber wir haben ja schließlich noch etwas andres zu tun, als uns mit so einem Scheiß rumzuärgern. Eure Silva Wittig, Ringstadt, Saturndepartment 98455. Saturn, den 23. April im Jahre der Galaxie 2954."

Singende Zellen

Die Story "Singende Zellen" ist die zweite Episode der Galaktopol-Serie, in welcher die Erlebnisse der jungen Zeitungsreporterin Silva Wittig im Jahre 3000 geschildert werden. Sie schreibt Reportagen über Einsätze von Galaktopol, welches die oberste Polizeibehörde der Milchstraße ist. Oftmals begleitet sie Polizei-Oberst Peter Henninghaus bei dessen Ermittlungen oder lässt sich von ihrer Kollegin Monika Zarthold bei Abfassung der gemeinsamen Kolumne helfen. Die Rahmenhandlung wird in der ersten Episode "Eine abgedrehte Schiebung am Rande der Galaxie" geschildert.

"Glaubst du etwa, ich könnte mir die Reportagen nach Lust und Laune aussuchen. Ich muss, ich musste zu dir, ich muss arbeiten", begründete Silva ihren neuerlichen Dienstbesuch bei Galaktopol, der obersten Kriminalbrigade auf Milchstraßenebene. Diesmal sollte über einen x-beliebigen Fall berichtet werden, keine Staatsaffäre. "Hast du dich erholt? Dachte du wolltest nicht mehr?", fragend sah Polizeioberst Peter Henninghaus die Reporterin Silva aus noch fast schlaftrunkenen Augen an.

"Nehmen wir hier das Eingangskörbchen. Bitte einfach irgendeinen Vorgang rausziehen. Das Ding können wir dann als Duo recherchieren und ermitteln."

Silva zog einen Schriftsatz heraus, dessen Betreffzeile in Fettdrucklettern nur das Wort SELBSTANZEIGE enthielt. Als Absender war der Direktor eines mikrobiologischen Institutes ihres Heimatplaneten Saturn eingetragen.

Er schrieb: "Mediziner haben bei mikroskopischen Untersuchungen eine bizarre Entdeckung gemacht: Einzelne Zellen können dumpf murmeln, sphärische Lieder singen und nervenzerfetzenden Lärm schlagen. Krankheiten, so hoffen die Forscher, könnten dadurch eines Tages hörbar werden. Unter meiner Leitung wurden diese Forschungen forciert und sind nunmehr, da sie nicht nur Menschen, sondern auch Tiere und Pflanzen der gesamten Milchstraße extrem gefährden, außer Kontrolle geraten. Ich werde erpresst und soll das Vernichtungswerk anorganischer Automatenwesen noch in diesem Jahr ausführen und hohe Geldsummen aus dem Forschungsetat zahlen. Können Sie mir helfen?"

"Auf! Gruppe auf! Wir gucken uns eine Laborwelt in Mondcity an!"

Henninghaus, seine Kollegen und Kolleginnen, sowie Silva schwangen sich in einen Transportcontainer, der sie unterirdisch nach Mondcity brachte und seine kriminalistische Fracht dann nach zahlreichen Umladun-

gen auf dem Hof der MIKROBIOLOGISCHEN FOR-
SCHUNGSLABORE ablieferte. Der Institutsleiter führte
die Ermittler über lange Flure an einer gutausgestatte-
ten Laborwelt vorbei, die man durch runde Sichtgläser
in den Türen wahrnehmen konnte. Dann waren sie am
Ziel, ein Forschungs-Zentrum, dessen Außenschild auf
das Forschungsobjekt hinwies: PROJEKT SINGENDE
ZELLEN.

Der Direktor informierte über Einzelheiten des Zell-
labors: "Biologische Zellen vibrieren und geben so
Laute von sich. Bei allen Tönen kommt ein bestimmtes
Gemisch aus Schwingungen immer gleichzeitig vor.
Auch Zellen, die voneinander entfernt sind, schwingen
in diesem bizarren Rhythmus. So als ob es zwischen
diesen getrennten Bio-Bausteinen eine Verbindung
gäbe. Es handelt sich um elektromagnetische Wellen,
durch welche alle Zellen permanent in Vibrationen
versetzt werden. Dieses Frequenzgemisch kommt in
sonstigen technischen Anwendungen der Menschen
nicht vor. Ich war es, der die Anweisung gab, diese
Kombination von Schwingungen mit Hilfe von hundert
Frequenzgeneratoren zu generieren und über eine
Trägerfrequenz zu senden. Glücklicherweise abge-
schirmt, mit kleiner Sendeleistung und gerichtet. Auf
diese Vorsichtsmaßnahmen möchte ich zu meiner
eigenen Entlastung hinweisen."

"Sabbeln Sie nicht soviel, machen Sie vor, was passierte", forderte Henninghaus etwas ruppig und auf die
Durchsetzung seiner Anordnung bedacht.

Sie gingen zu einem Bereich, der mittels Bleiplatten
wie eine Röntgenstation von der Umwelt isoliert war.
Nur verwinkelte Optiken ermöglichten den Blick hinein.
Auf einem Tisch stand ein Alpenveilchen und in etwa
zwei Meter Entfernung war eine Sendevorrichtung

angebracht, die entfernte Ähnlichkeit mit einer Radarantenne hatte. Auf dem Monitor konnten alle die bizarre Schwingungsform sehen, die von den Generatoren nach dem Einschalten erzeugt wurde.

"Jetzt steigere ich die Sendeleistung nur um wenige Watt."

Die Pflanze in der Bleikammer zerriss mit einem auch außen wahrnehmbaren Knall.

"Alle Zellen reagieren auf dieses Schwingungsgemisch sofort. Bei Erhöhung der Amplitude zerreißt jede Zelle. Diese Schwingungen können über die gesamte Milchstraße abgestrahlt werden und würden somit nur noch die anorganischen Roboter als Spezies übriglassen."

"Und wer erpresst sie?"

"Irgendjemand muss Wind von den Konsequenzen unserer Forschungen bekommen haben und will für sein Wissen mit Summen honoriert werden, die unser Forschungsetat nicht hergibt."

Es tuschelte.

Dann hörte man Silvas mutige Stimme: "In den Laboratorien gab es bestimmt einen Undercover-Agenten, der das große Geld für seine Firma gewittert hat."

Henninghaus errötete leicht und murmelte: "Okay, okay!"

Ungläubiges Schweigen lastete auf den Wissenschaftlern und der Reporterin.

Silva versuchte eine Fortsetzung: "Lieber Herr Polizei-Oberst Henninghaus, sie wollen uns doch nicht ernsthaft die Einschleusung eines ihrer Beamten in dieses Labor beichten?"

Ihre Wangen erröteten. "Jemand, der dann noch dazu Zahlungen - wie soll ich es klug ausdrücken - vom Institut erpressen wollte?"

Henninghaus erhob sich langsam: "Natürlich nicht. Aber der Fall ist abgeschlossen. Die Selbstanzeige des Direktors wird nicht angenommen!"

Ein Protestschrei ertönte. Und der Direktor forderte Oberst Henninghaus dazu auf, wieder Platz zu nehmen. Mit geschlossenen Augen murmelte der Kriminalist leise, dass Galaktopol eine Organisation für die Bürger der Milchstraße wäre. Wenn es Wunsch aller sei, dann gingen die Ermittlungen selbstverständlich weiter.

Er konzentrierte sich auf das Digitaltelefon und rastete gedanklich die Frequenz seines Sekretariats: "Bitte veranlasst, dass Manni, unser verdeckter Ermittler bei dem mikrobiologischen Institut in Mondcity, sofort hierher kommt!"

Mit Vorrang glitt die Kabine heran. Heraus traten ein Arzt mit zwei Pflegern. Sie begleiteten einen locker gefesselten Patienten mit wirren Haaren aber erhobenem Kopf.

"Manni, was ist?", fragte Henninghaus besorgt.

"Die Nerven und eine Mist Verwundung von dem Frequenz-Strahler. Mehr wollt ihr mir nicht zufügen?"

Silva wurde trotz allem streng: "Sie haben die Erpressung des Institutes versucht? Wollten Sie sich persönlich bereichern?"

Manni krümmte sich vor Lachen und zuckte dann, als sich der Verband an seinem Arm dehnte, wieder etwas zurück.

"Ihr wollt alles wissen?"

Die Pfleger machten pflichtschuldigst beruhigende Gesten.

Manni gab klare Kommandos: "Bitte helft mir und lasst mich ohne diese Armbänder an meinen Arbeitsplatz."

Plötzlich war er in seinem Element und ließ die Vergrößerungsanlage auf ein Präparat fokussieren. Zuerst sahen sie die wabenartige Struktur der pulsierenden Zellformation. Dann wählte er einen engeren Bereich, der nur noch eine einzelne Zelle zeigte. Auf einem anderen Bildschirm wurden die Schwingungen abgebildet. Er glich die Bewegungen der Zelle mit der Geschwindigkeit des Abtaststrahles ab, so dass man die Zelle ruhig pulsieren sah.

"Bevor wir hier weiter machen, möchte ich eine Erklärung abgeben. Ich selber werde von einer gemischten Bevölkerung aus Robotern und Menschen eines ziemlich weit entfernten Planeten erpresst. Diese Leute wissen um die Wirkung der lebensschädlichen Schwingungen und wollen die totale Macht über alle besiedelten Planeten. Dazu brauchen sie auch Geld, das ich von nun an eintreiben sollte."

Silva hatte die Lösung: "Ein Fall für die Raumflotte, klar!"

Manni bebte erneut unter Lachanfällen, während er sich wieder seinen Apparaturen zuwandte. "Gut, die Vergrößerung wird gesteigert."

Gespannt blickten alle auf den bewegten Rand der Zelle, welcher nunmehr immer mehr zerbröselte und schließlich aus einer Vielzahl bewegter kugelförmiger Objekte gebildet wurde, die einheitlich Wellen darstellten.

"Sieht fast wie unser Weltall im Modell aus!"
"Oh, du kluge Reporterin! Dies ist das Weltall. Aber das passt in die Denkschädel nicht rein, sehe ich es richtig?"

Langsam fasste er die Ergebnisse seiner Arbeiten zusammen. Esoteriker hätten schon sehr frühzeitig vom Mikrokosmos und Makrokosmos gesprochen. Andere formulierten die Weisheit, dass es im Großen so wäre wie im Kleinen.

Somit gilt: "Die Materie wird durch das Gesamte gebildet. Das Universum mit seinen Sternen, sind die Atome, aus denen auch wir bestehen!"

Zitternd lenkte er den Bildausschnitt auf eine Kugel, die immer stärker vergrößert, die Umrisse des Saturn annahm, bis die Stadt MONDCITY plötzlich sichtbar wurde. Dann sahen sie in der überdimensionalen Vergrößerungsmaschine den Laborraum mit ihren eigenen Gestalten.

Oberst Henninghaus griff nunmehr ein: "Du bist hier auf ein Trugbild dieser Riesenlupe hereingefallen, lieber Manni."

Der Einwand war widerlegbar. Je nach Navigation mit dem per Strichlinie markierten Vergrößerungsausschnitt sahen alle den Inhalt von Silvas Handtasche oder was gerade am heimischen Herd der Familie Henninghaus geschah. Dann glitt der Fokus auf einen weit vom Saturn entfernten Planeten zu einer Art von Kommandozentrale voller High-Tech-Roboter und einiger Menschen.

Dort war Stimmung: "Na, wie läuft das mit den Finanzen, Herr Manni?", dröhnte der Chefroboter und wedelte mit Banknoten.

"Genau diese Erpresserbande können wir auch per Nachrichtenrakete erreichen und uns deren Forderung schriftlich holen", erläuterte der V-Mann.

Silva Wittig guckte Oberst Henninghaus hilfesuchend an und fragte: "Und nun?

"Das ist ganz einfach, ich wiederhole mich. Der Fall ist abgeschlossen, der Selbstanzeige wird nicht stattgegeben. Hier wird nicht eine einzige Ermittlungsminute verschwendet. Zentral ist für mich nunmehr nur der Fall

eines interplanetarischen Fahrraddiebes, der Luxusräder vom Saturn zur Erde verschiebt!"

Am nächsten Tag saß Silva wieder vor ihrem Text-
automaten. Redaktionsschluss in drei Stunden. Sie
tippte ihre Reportage: "SO KLEIN MIT HUT, ist jeder,
wenn er mit der obersten Ermittlungsbehörde der
Milchstraße zu tun hat. Niemand hätte es für möglich
gehalten, wenn er den Verlust seines Rennrades an-
zeigt: Diese Luxusräder werden in riesigen Mengen auf
Saturn zusammen geklaut und dann per Raumtransporter zur Erde verfrachtet und dort zu horrenden
Preisen verkauft. Der Drahtzieher dieses einträglichen
kriminellen Gewerbes, ein Herr Klaus Pamir, konnte
nach einer dramatischen Verfolgung von Polizeioberst
Henninghaus von der Dienststelle für interplanetarische
Schwerstkriminalität verhaftet werden und wird derzeit
vernommen. Das wird wohl einige Jährchen geben. Bis
morgen, Eure Silva Wittig."

So klein mit Hut

*Die Story "So klein mit Hut" ist die dritte Episode der
Galaktopol-Serie, in welcher die Erlebnisse der jungen
Zeitungsreporterin Silva Wittig im Jahre 3000 geschildert werden. Sie schreibt Reportagen über Einsätze
von Galaktopol, welches die oberste Polizeibehörde der
Milchstraße ist. Oftmals begleitet sie Polizei-Oberst
Peter Henninghaus bei dessen Ermittlungen oder lässt
sich von ihrer Kollegin Monika Zarthold bei Abfassung
der gemeinsamen Kolumne helfen. Die Rahmenhandlung wird in der ersten Episode "Eine abgedrehte
Schiebung am Rande der Galaxie" geschildert.*

Silva zog lächelnd einen süßen Riegel Twixi-Pic aus dem Automaten der Verlags-Kantine. Der künstliche Saturn-Morgen dämmerte erst langsam. In einer Stunde würde das grelle Neonlicht wieder zu intensiver Textarbeit rufen. Noch Zeit haben und in der gravitationsarmen Kantine etwas die Müdigkeit ausklingen zu lassen, war besser, als abgehetzt anzukommen. Auf ihrer Schulter tippte es. "Huch!"

Die Kollegin Monika benötigte wieder jemanden zum Zuhören: "Seit wir die Arbeit gemeuchelt haben, geht es mir wieder bestens. Das war eine Superidee, unsere Rufnummern aus dem Impressum zu nehmen, Silva Schatz."

"Warum sollen wir mit Lesern reden, wenn wir uns mit Kollegen viel intensiver unterhalten können?"

Das Licht wurde greller und die Redakteurinnen setzten sich in die Sessel und rollten in ihre Büros. Tatsächlich, der Bildschirm blieb weiß: Weder petzende Leser, noch wutentbrannte City-Bürger, auch kein weinender Suizidaler. Silva klickte den Messenger in die eine Bildschirmhälfte und wählte Monika wieder an. Die Kollegin besserte ihre Schminke nach.

"Magst du mich so mit Lidschatten?"

Der Messenger fing an zu blinken: Anruf von außen. Die Arbeit war wieder unvermeidbar. Das markante Gesicht von Polizei-Oberst Henninghaus schob sich auf den Bildschirm.

"Bitte Silva, du musst mir helfen. Ich darf die Rebellen und Erpresser am anderen Ende der Milchstraße nicht einfach zu den Akten legen. Erinnere dich, die Bande im Mikrokosmos, die gleichzeitig versuchte uns makrokosmisch mit zerstörerischen Schwingungen zu bedrohen."

"Ja, nun erinnere ich, die tanzende Roboter-Gang

unter dem Mikroskop! Etwas weit entfernt, schätze ich mal."

"Liebe Silva, wir haben eine Einladung vom Oberkommando der Saturn-Streitkräfte."

Einige Stunden später saßen die Reporterin und der Galaktopol-Detektiv in der verbunkerten Kommando-Zentrale. Reges uniformiertes Treiben füllte die Operationszentrale. Statt Lagebeurteilung gab es ein Video vom militärischen Aufmarsch der drei rebellennächsten Sonnensysteme. Bis an den Horizont war eine Ebene des fernen Freund-Planeten auf dem Video mit lagernden Truppen bedeckt, die per Shuttle zu den im Orbit wartenden Kampfkreuzern geflogen werden sollten. Dann kam eine junge Soldatin mit raschem Joint im Mundwinkel und hochgeschobenem Helm-Visier ins Bild. Zu der von ihr geführten Robotergruppe hielt sie per Fernbedienung Kontakt und rief einen abirrenden Automaten wieder zurück zum Sammelplatz der Gruppe.

"Werden sie Gnade kennen?", fragte ein Reporter.

Der Kampfroboter löcherte die Luft mit einer knallharten sekundenschnellen Schlagserie.

"Fragen sie ihn", fügte die Gruppenführerin grinsend hinzu.

Dann war das Video beendet und irgendein hochrangiger Kommandeur übernahm die weitere Einweisung.

Silva stieß Henninghaus leicht an und raunte: "War ja interessant. Nur, was haben wir bei diesen Entfernungen damit zu tun?"

Eine Holographie zeigte den Angriffsplan der galaktischen Streitkräfte gegen die Rebellenplaneten. Leuchtend dicke blaue Pfeile markierten die Hauptstöße. Dünnere Pfeile zeigten in Richtung der Monde.

Der für die Feindlage zuständige General markierte die vermuteten vorderen Grenzen der gegnerischen Raumverteidigung.

"Dies war der makrokosmische Angriffsplan der benachbarten Sonnensysteme. Ein Angriffsverband der Saturnstreitkräfte in Divisionsstärke unterstützt von Polizeikräften wird die mikrokosmische Attacke führen und vor Landung der makrokosmischen Kräfte in die sozialen Binnenstrukturen des Gegners eindringen."

Silva war nicht mehr zu halten: "Sehr geehrter Herr Kommandeur, auch ich habe mein Basistraining in Raumverteidigung gemacht und weiß ganz sicher: Die Rebellenplaneten sind zu weit weg!"

Der für mikrokosmische Operationen zuständige Offizier übernahm das Mikrofon: "Wie die meisten Anwesenden wissen, ist nach den großen Umweltvergiftungen auf den von Menschen bewohnten Planeten der Milchstraße diese Galaxie in riesigen Computeranlagen nachgebildet worden und wir führen unbemerkt eine ausschließlich virtuelle Existenz in Großrechnern. Diese stehen auf fast jedem Planeten. Jeder hier Anwesende besteht ausschließlich aus Zahlen und einer intelligenten Informationsverarbeitung. So sind auch die Rebellenplaneten ausschließlich nur Zahlen, die wir mit entsprechenden Decodern in sichtbare Landschaften verwandeln können. Zumindest entspricht diese Aussage dem Kenntnisstand meiner Einweihung in die grundlegenden Bedingungen des Lebens in der Galaxie Milchstraße."

Dann leuchtete ein Gate auf und sie krabbelten wie Schlafwandler hindurch. Schließlich kamen sie in einer anderen Welt an. Auf dem Rebellenplaneten waren sie vor einer Stadt in einem Graben gelandet. Ein Hunderudel lungerte nicht weit von ihnen lustlos an einer

Flugabwehrbatterie herum und suchten den Weltraum nach Feind ab. Jetzt konnte es Silva auch erkennen, die Kampfkreuzer erreichten die Verteidigungslinie der Weltraumrebellen. Sie schoben eine Feuerwalze vor sich her und kamen rasch näher. Wie Hornissenschwärme starteten plötzlich die leichten Kampfflugzeuge aus den Großschiffen heraus. Für das Hunderudel wurde es ernst, als die Flieger aus Richtung der Sonnen fast unerkennbar angriffen. Der Geschützführer, ein Bernhardiner, gab einige Salven ab, dann suchten alle mit ihrem Feldgepäck das Weite.

Oberst Henninghaus übernahm das Kommando und sie sickerten langsam in die Stadt ein, während die befreundeten Bodentruppen außerhalb der Stadt landeten. Das Verkehrschaos in Rebellencity war unbeschreiblich und Oberst Henninghaus knallte einem jungen Löwen, der sich am Lenkrad irgendwie schlimm aufgeregt hatte, die Autotür zu.

"Sag mir doch bitte Henninghaus, was sollen wir denn hier noch Wichtiges machen."

Virtuelle Rückreise war angesagt. Doch die Technik-Staffel schleppte das zusammengepackte Gate irgendwo am Ende der Kolonne. Dann erkannte Polizeioberst Henninghaus den Grund des riesigen Staus auf der Hauptverkehrsstraße dieser Regierungsmetropole des Planeten NY4593: Ein riesiger Panzer mit hochgekurbelter Kanone stand quer auf der Fahrbahn. Ein Rekrut der Saturn-Division knallte Abschlepphaken gegen die Panzerwanne und langsam öffnete sich eine Luke. Wummernde Rhythmen schallten über den Platz, während der Kommandant, ein Braunbär, tänzelnd seinen muskulösen Oberkörper durch die Kommandanten-Luke zwängte.

Henninghaus und auch der Löwe waren nicht mehr zu

halten: "Könnt ihr das nicht sehen, keiner kommt durch. Platz machen, aber dalli!"

Der Bär blinzelte und gab seine Anweisungen an den Fahrer: "Kleiner, komm hoch, geht rückwärts!" Dann an die Umstehenden gewandt: "Wir sind ein Fahrschulpanzer, nichts anderes. Der Kleine bemüht sich, so gut er kann."

Nun öffnete sich ganz vorne auch eine winzige Luke und ein Eichhörnchen mit Barett und Kopfhörern kam fragend herauf und fingerte an seinem Rückspiegel. Ruckend setzte sich der Koloss in Bewegung und parkte rückwärts ein. Langsam kam der Verkehrsstrom in Gang. Auch der Löwe war nunmehr beruhigt und lieferte in einem nahegelegenen Supermarkt seine Knackwürste ab. Etwas ratlos kniete die schier endlose Infanterie-Kolonne am Straßenrand.

"Da im Park könnt ihr euren Befehlsstand aufbauen, das haben bisher alle Okkupanten so gemacht", rief ein mitdenkender NY4593-Bürger.

Endlich konnte der übergroße Stadtplan aufgehängt werden und der Divisionsstab malte mit farbigen Kreiden seine Objektkringel und steckte Fähnchen mit den dort vorgesehenen Truppenteilen.

Ein Pfiff zum Sammeln ertönte und der Operations-Offizier rief allen Anwesenden zu: "Tagesbefehl, Tagesbefehl! Der Kommandeur gibt den Tagesbefehl."

Der Divisionskommandeur blickte seine Leute vom anderen Ende der Milchstraße über seine Goldrandbrille an: "Wir besetzen die Stadt nach W - Z - H - B - K! Alles, was **w**ichtig, **z**entral, **h**och, eine **B**rücke oder ein Verkehrs**k**notenpunkt ist, wird von uns als Objekt besetzt. Noch Fragen? Keine!"

Vom Stadtrand her tönte ein Brummen, die Truppen der benachbarten Sonnensysteme waren zur Sturmfahrt angetreten und wenig später schob sich ein kleiner Landepanzer mit aufgesessener Robotergruppe um die Hausecke. Silva traute ihren Augen nicht, im kleinen Turm hinter der Laserkanone erkannte sie die Soldatin aus der Fernsehsendung.

"Hallo, wir kennen dich vom Fernsehen, hier ist alles friedlich!"

Gemeinsam mit ihr und den Robotern gelangten Henninghaus und Silva zum Machtzentrum des Planeten, welches auf einer Anhöhe in einer burgartigen Befestigungsanlage untergebracht war. Geöffnet wurde sofort. Die dortige Regierung war über den Angriff sehr enttäuscht und drohte alles biologische Leben des gesamten Universums mit dem schädlichen Wellenspektrum zu vernichten.

Oberst Henninghaus kam dieser Erpresserbande zuvor und gab den Befehl zur Sprengung der Sendeanlagen. Riesige Raumtorpedos zertrümmerten Teile von NY4593. Auch die Stadt, in der sich Silva befunden hatte, blieb nicht verschont. Benommen wachte sie in einem einfach aber farbig gestalteten Raum auf und hörte von ferne sanfte Geigenklänge. Heilige mit weißen Umhängen voller funkelndem Sternenstaub standen um ihr Bett herum.

"Liebe Silva, du bist dort, wo du seit deiner Kindheit hin wolltest, du bist im Himmel", erklärte ihr eine Heilige Frau im Nonnengewand.

"Oh, dann werde ich die Redaktion, meine Freundin Monika, den Saturn niemals wiedersehen?"

"Bewahre, wir sind hier eine Durchgangsstation mit großen Problemen im Kapazitätsbereich. Froh über jeden, der hier mit klaren Vorstellungen ankommt. Unser Hausdiener wird das güldene Gate auf deinen Arbeitsplatz in der Redaktion einstellen."

Silva blinzelte. Tatsächlich, saß sie an ihrem alten Arbeitsplatz in der Redaktion. Der Bildschirm blinkte: Monika, ihre Kollegin, auch Polizei-Oberst Henninghaus baten um Benachrichtigung nach Rückkehr aus himmlischen Gefilden.

"Ja, Henninghaus, was war denn das, du hast auf NY4593 ziemlich gewütet?"

"Na und? Silva, der Fall ist abgeschlossen. Wir warten alle auf deinen Artikel."

"Hallo Silva, hier Monika. Oh, wie schrecklich. In der Redaktion hatte es sich herum gesprochen, dass du im Himmel gelandet warst. Ich wollte schon, um dich zu besuchen, aus dem Fenster springen."

"Liebe Monika, jetzt bin ich wieder an der Arbeit und muss bis zum Redaktionsschluss in fünf Stunden meinen Artikel noch schreiben. Danach lass uns zum Tanzen gehen."

Kolumne der Kriminalreporterin Silva Wittig:
"So klein mit Hut, ist das Individuum, wenn Polizei-Oberst Henninghaus mit seiner Dienststelle Galaktopol auf Verbrecherjagd ich berichtige - auf Erpresserjagd geht. Die Bande auf NY4593 dachte, sie bekäme Bargeld von uns, das war ihr Fehler. Eure Silva."

Gerichtstermin

Die Story "Gerichtstermin" ist die vierte Episode der Galaktopol-Serie, in welcher die Erlebnisse der jungen Zeitungsreporterin Silva Wittig im Jahre 3000 geschildert werden. Sie schreibt Reportagen über Einsätze von Galaktopol, welches die oberste Polizeibehörde der

Milchstraße ist. Oftmals begleitet sie Polizei-Oberst Peter Henninghaus bei dessen Ermittlungen oder lässt sich von ihrer Kollegin Monika Zarthold bei Abfassung der gemeinsamen Kolumne helfen. Die Rahmenhandlung wird in der ersten Episode "Eine abgedrehte Schiebung am Rande der Galaxie" geschildert.

"Seit wann nuckelst du am Daumen, liebe Silva?"

"Täglich soll ein Artikel in die Kolumne. Hinter meiner zorngefalteten Stirn herrscht schlimmste Leere."

"Unbedingt musst du einen autobiographischen Schrieb über dich und deine Problemsituation veröffentlichen."

"Privates über mich wird langweilig. Da unterscheiden wir uns! Die Männerwesen stehen bei dir zum Händchenhalten Schlange. Mit mir wollen sich die Herren der Schöpfung zum Fachsimpeln treffen. Über dich gibt es neuen Kollegenklatsch. Ich will nur referieren, was andere tratschen: Drei Herren sollen sich angeblich darüber streiten, ob sie Vater von Simon, deinem Sohn, seien. Ganz unter uns: Wer war es?", fragte Silva etwas neugierig, um endlich Antwort geben zu können.

"Der vierte war es wirklich. Die anderen wollen bei mir auf der Couch sitzen und die Stiefmutter von Simon tätscheln. Wusstest du es nicht. Ich bin nicht die leibliche Mutter von Simon!", gab Monika über ihr Privates Auskunft.

"M-o-m-e-n-t, dies wird verwickelt. Jemand anderes sollte dein Privatleben portraitieren. Bin viel zu befangen bei dir."

"Schreib' doch was über die Raumfahrtversuche der Erdbewohner", riet die Kollegin Monika.
"Ich auch noch? Die 4976te Redakteurin, die kommen-

tiert: Welch Überraschung! Sie sind auf dem Mars gelandet!"

"Übrigens, gestern war ich mit Simon im Zoo: Wir haben uns krankgelacht. Dort gibt es außerhalb unserer Glaskuppel eine Biosphäre, Flüsschen aus Methan mit lebenden Enten drin. Man kann die von Robotern füttern lassen."

"Alles Thematiken anderer Ressorts."

"Ruf doch deinen Henninghaus an: Der wird sicherlich eine Freikarte für das Turnier der Methandrachen spendieren."

"Immer ist er Silvas letzte Rettung und deren schlimmster Albtraum, virtuelles Todesstadium im Cyberhimmel, ich fang' irgendwann an zu vibrieren."

"Die Polizei, dein Freund und Helfer. Ruf ihn doch an!"

"Polizei-Oberst Henninghaus, Galaktopol, Abteilung Ermittlung und Verfolgung", meldete sich der Beamte am Bildtelefon.

Silva war hin und hergerissen zwischen dem Gefühl, sie würde für den Verlag Niedriglohn-Arbeit leisten und purer Neugierde, was es bei Galaktopol Neues gäbe.

"Ach Henninghaus, hast du brisante Fälle mit publizistischen Dimensionen?"

"Hallo Silva und Monika, nur Zeugengeld-Auftankung bei der Strafjustiz. Im Klartext, dem interplanetarischen Fahrraddieb Klaus Pamir wird der Prozess gemacht und ich sage als Hauptbelastungszeuge aus. Wollt ihr als Zuschauer beim Gerichts-Termin anwesend sein?"

"Monika, lässt fragen, ob der Angeklagte ein normaler Typ oder ein Psycho-Science-Wesen aus den Sümpfen der Zentralsteppe sei?"

"Der alte Trinker hat einhundert transplantierte Mikrochips im Körper und kommt sich wie der kosmische

Herrscher vor."

"Nun gut, wenn es nicht schlimmer kommen kann, dann werde ich meinem Drehsessel untreu und flaniere mal wieder auf den Gerichtsfluren", stimmte Monika der Einladung zu.

Das Gerichtsgebäude war schwer bewacht. Die beiden Reporterinnen zwängten sich in die Durchleuchtungs-Schleuse.

"Okay bitte passieren!"

Henninghaus schritt mit seinem Nebenklage-Anwalt nervös vor dem Gerichtssaal auf und ab.

"Um ein Geständnis kommt Klaus Pamir nicht rum."

"Wir werden es erleben", wiegelte Rechtsanwalt Konrad die Vorwegnahme ab."

"Die Verhandlung ist eröffnet!"

Aus dem Gefängnistrakt wurde der wegen Fahrraddiebstahls angeklagte Klaus Pamir hereingeführt. Der biologische Körper des Angeklagten wirkte noch entfernt menschlich, war jedoch mit etlichen unter die Haut transplantierten Mikrochips übersät, die an seinen bloßen Oberarmen und im Gesicht anhand der feinen Antennen-Drähte und Wölbungen erkennbar waren.

"Der Zeuge von der Dienststelle für die Bekämpfung galaktischer Kriminalität möge bitte die Ermittlungsfakten zur Persönlichkeit des Angeklagten vortragen", forderte der weißhaarige Richter Henninghaus auf.

"Der Angeklagte betreibt eine Textilfirma namens Robotex. Dieser Betrieb wird von ihm als interplanetar tätiges Export-Unternehmen betrieben. In Wahrheit handelt es sich um ein kleines Büro am Rande des Raumflughafens mit kleinem Lagerraum. Hier beschäftigt der Angeklagte Klaus Pamir zehn Roboter, die er durch Gedankenimpulse führen kann. In dem nachfolgenden Film des Observations-Trupps erkennen sie, wie diese Automaten unter seiner gedanklichen Leitung einen Transporter entladen."

Eine schrill bunt gekleidete Gruppe von Arbeitsrobotern flimmerte auf der Leinwand. Sie sammelten sich behäbig an einem Lastenfahrzeug, um riesige Stoffballen abzuladen. Der Angeklagte stand konzentriert in der Nähe. Als er für einen kurzen Moment mit einem Besucher diskutierte, nutzten zwei der Automaten die Gelegenheit, noch einmal die Pause zu verlängern. Jetzt konnte man deutlich sehen, wie der Angeklagte auf die eigenmächtige Pause reagierte. Seine Augen drehten sich zu den Faulenzern und beide sprangen, obwohl sie seinen Blick nicht gesehen haben konnten, hoch.

Henninghaus fasste das Gesehene noch einmal zusammen: "Klaus Pamir führte also seine Mitarbeiter durch gedankliche Anweisungen, die dann mit Hilfe der von ihm mitgeführten Sender übertragen wurden."

Der Staatsanwalt verlas die Anklage: "Angeklagter, ihnen wird vorgeworfen, gestohlene Luxusfahrräder in großer Anzahl zu anderen Planeten hin verschoben zu haben. Gestehen sie diese Tat?"

Zum ersten Mal hörte man die fast mediale Stimme des mühsam um Konzentration ringenden Kaufmanns: "Ich habe weder Räder gestohlen noch exportiert!"

Richter Konrad leitete die Beweisaufnahme ein und bat den Kriminalisten um sein Ermittlungsergebnis.
"Der Angeklagte hat mit seinen Robotern die geklauten Räder von seinem Lagerraum per Lastenfahrzeug zum Raumtransporter befördert, dort entluden seine Roboter die Zweiräder und der Angeklagte schob einige davon persönlich die Laderampe hinauf!"

"Was sagen sie zu diesem Vorwurf, Angeklagter?"

"Während des beschriebenen Vorganges war ich

selber von einer anderen Instanz ferngesteuert gewesen!"

"Sie sind kein Roboter und haben einen eigenen Willen. Ihren Worten kann ich nicht glauben."
Der Händler legte ein Standard-Gutachten aus dem öffentlichen Datennetz auf den Tisch und wies auf die Existenz einer Behörde hin, die keine andere Aufgabe hätte, als sich mit telekinetischen Fernwirktechniken zu befassen.

"Das Gericht macht einen Lokaltermin und wird der erwähnten Behörde einen Besuch abstatten. Die Verhandlungsteilnehmer treffen sich um 20 Uhr beim Pförtner der Behörde für telekinetische Lenkungsmaßnahmen."

Der verschränkte Gebäudekomplex verbarg elegant eingerichtete Großraumbüros, lange Reihen von Schreibtischen. Einerseits machten die Räume aufgrund der vielen technischen Geräte einen laborartigen Eindruck, andrerseits wirkte alles aufgrund der Aktenstapel ziemlich verwaltungsmäßig. Ein Abteilungsleiter startete die Vorführung: Die Uhr an Henninghaus Handgelenk verschwand und Silva besah sich verwundert den zweiten Zeitmesser an ihrem Unterarm.

"Für eine Erläuterung wären alle Prozessbeteiligten sehr dankbar!"

"Das biologische Gehirn kann als ein elektrischer Apparat angesehen werden, der wie Computer im Netzwerk oder auch wie ein Mobiltelefon ferngesteuert werden kann. Unsichtbar tasten elektromagnetische Feldlinien unserer Beeinflussungsanlagen die induktiven Wirkungen der Gehirnströme ab und beginnen dann damit, die Gedanken und Sinneswahrnehmungen zu gestalten: Wenn von allen die Armbanduhr nunmehr an Silvas Unterarm gesehen wird, so handelt es sich um ein Gedankendesign bei allen hier anwesenden Besuchern!"

Staunend blickten sich die Prozessteilnehmer an.

"Und nun? Jetzt machen Sie mit jedem, was sie wollen?"

"Die Vorschriften sind so eng, dass mehr als ein paar Experimente hier im Amtsgebäude kaum möglich sind, wir dürfen telekinetisch nur in einem engen Rahmen unter hohen Sicherheitsauflagen wirken."

Ein scheuerndes Geräusch schleppte sich über den Kachelflur: Ein Haifisch, der seine Flossen als fußähnliche Gliedmaßen benutzte, kroch aufrecht aber gebeugt über den Gang und wollte eine neue Akte abholen und die gelesene zurückstellen.

"Sagen sie, was macht dieser vertrauenserweckende Fisch hier in ihrer Hauptabteilung?"

"Das sind die sogenannten Auguren, die sich als Lobbyisten für differente Interessen der galaktischen Bevölkerung hier aufhalten und sonst von der Informationsabteilung betreut werden."

"Die nehmen also Einfluss darauf, ob Henninghaus Armband an meinem Arm klebt oder unter der Decke hängt. Könnten sie die Uhr bitte wieder dort platzieren, wo sie hergekommen ist!"

Lächelnd ließ ein technischer Angestellter im weißen Kittel die Uhr in der Luft kreisen, bevor sie sich wieder um das Handgelenk des Polizei-Obristen wickelte.

"Entscheidung! Die Verhandlung wird vertagt. Bezüglich dieser uns allen unbekannten mysteriösen Sachlage verfüge ich die Anfertigung eines Gutachtens", verkündete der Richter.

Silva und Monika verabschiedeten sich etwas benommen von Henninghaus.

"Liebe Silva, war das Stoff für deinen Artikel?"

"Der blöde Fisch wird mir meine Hand schon führen."
KOLUMNE DER KRIMINALREPORTERIN Silva WIT-
TIG
"Sind Kaninchen die wahren Herrscher des Univer-
sums? In der Behörde für telekinetische Lenkungs-
maßnahmen herrschen diese Feldtiere mit unendlichen
Gedankenkräften. Nichts ist vor ihnen sicher, nicht
einmal die eigene Armbanduhr. Bitte schreiben Sie uns
Ihren Leserbrief, wenn Sie ähnliche Erlebnisse hatten.
Silva.

Ermittlungen im Wellenreich

*Die Story "Ermittlungen im Wellenreich" ist die fünfte
Episode der Galaktopol-Serie, in welcher die Erlebnisse
der jungen Zeitungsreporterin Silva Wittig im Jahre
3000 geschildert werden. Sie schreibt Reportagen über
Einsätze von Galaktopol, welches die oberste Polizeibehörde der Milchstraße ist. Oftmals begleitet sie Polizei-Oberst Peter Henninghaus bei dessen Ermittlungen oder lässt sich von ihrer Kollegin Monika Zarthold
bei Abfassung der gemeinsamen Kolumne helfen. Die
Rahmenhandlung wird in der ersten Episode "Eine
abgedrehte Schiebung am Rande der Galaxie" geschildert.*

Zweiter Tag der Hauptverhandlung gegen Klaus Pamir,
der verdächtigt wurde, in interplanetarischen Ausma-
ßen wertvolle Fahrräder gestohlen und veräußert zu
haben. Nach dem Einwand des Angeklagten, fremde
Kräfte hätten ihn gesteuert, war ein Termin bei der
Behörde für telekinetische Lenkungsmaßnahmen an-

geordnet worden.

Der Richter schüttelte nur den Kopf: "Keiner der hier Anwesenden wirkt fremd gesteuert, somit folgt das Gericht der Argumentation des Angeklagten nicht!"

Richter und Schöffen zogen sich zur Urteilsfindung zurück.

Dann das Urteil: "Gegen den Angeklagten wird eine Haftstrafe von zwei Jahren verhängt, fesseln und abführen!"

Aus dem Gesicht von Polizei-Oberst Henninghaus wich die Anspannung einer zweijährigen Fahndung. Der Fall war abgeschlossen, endlich.

"Besuchen wir das neue Restaurant neben dem Gerichtsgebäude?", fragte Henninghaus.

"Da lassen wir uns gerne einladen", antwortete Monika lachend. Sie bestellten Vanille-Cappuccino und Schinkenbrötchen.

"Was mir nicht aus dem Gehirn geht, ist die Multifunktionalität des Verurteilten. Der konnte Roboter alleine durch Gedankenimpulse und transplantierte Mikrochips leiten. Als Einzelwesen sind wir so eingeschränkt, wie wäre es, wenn ich in hundert Silvas gedanklich und gefühlsmäßig heimisch wäre? Dann könnte ich hundert Männer kennen lernen und nur deren netten Eigenschaften genießen."

"Würdest du bei deinem Vorschlag Roboter verwenden wollen oder denkst du eher an waschechte biologische Wesen, die mit dir per Mikrochip verbunden sind?

Ihr Gespräch wurde unterbrochen. Weit über der Glaskuppel sah man am Himmel die Ankunft einer riesigen pfeilschnellen Nachrichtenrakete vom anderen Ende der Milchstraße, die einige Kilometer über der Oberfläche des Planeten Saturn von Hubschraubern betankt wurde.

"Dann gibt es gleich die neuesten Bild-Nachrichten und wir wissen, was vor einem Monat am anderen Ende der Galaxie los war.

Eine wiederholte Melodie ertönte. Silva kannte den Klang bereits.

"Henninghaus, dein Handy!"

"Polizei-Oberst Henninghaus am Apparat, was ist los?" Die Begleiterinnen nahmen wahr, wie sich das Gesicht ihres Kommissars immer mehr verhärtete.

"Mensch, Peter, was gibt das da wieder?"

"Die Dienststelle bittet uns, das Video anzusehen, das die Nachrichtenrakete eben runter gestrahlt hat."

Sie traten zu einem Großbildschirm im Außenbereich, auf welchem die neuesten Nachrichtenvideos wie in einem Aktualitätenkino den ganzen Tag über wiederholt wurden. Die Bilder aus der fernen Milchstraßenregion ließen Zuschauer schaudern. Die Gravitation des dortigen Sonnensystems war teilweise zusammengebrochen. Nach menschlichem Ermessen waren die Planeten dort verloren. In schnellstem Tempo würden sie sich samt ihrer Bevölkerung von der Sonne entfernen. Doch der dortige Katastrophenschutz suchte zu retten, was noch zu retten war. Man erblickte Arbeiter, die Raketentriebwerke wie in einem Roman von Jules Verne montierten. Sie zündeten und drosselten die Düsen, bis der Planet langsam wieder Fahrt in Richtung Sonne aufnahm.

"Also Peter, das kann doch nicht sein?"

"Kommt ihr mit zum Lagezentrum?"

"Ich bin nix wie weg, ein neuer Untermieter will in einer Stunde bei mir schellen", murmelte Monika im Weggehen.

Silva und Peter Henninghaus nahmen die nächste

Fahrkabine zum Lagezentrum. Auf einer Karte zeigte der Leiter von Galaktopol, ein grauhaariger stattlicher Polizei-Oberst, eine Ansicht des fernen Planetensystems. Von den zwölf Planeten hatten zwei ihre Anbindung an die Sonne per Schwerkraft verloren. Die These des Chefs besagte, dass es sich bei diesem Phänomen nicht um Naturerscheinungen handelte, sondern um mutwillige Angriffe und Erpressungsversuche. Vermutlich ging die Aufhebung der Schwerkraft von mehreren Raumfahrzeugen aus, die sich zwischen den betroffenen Planeten und dem Zentralgestirn aufhielten. Die Situation der Planeten konnte inzwischen per Lenkung mit Raketentriebwerken stabilisiert werden. Der Oberstkommissar wies darauf hin, dass es ungefähr tausend Spuren gäbe, die auf den kriminellen Hintergrund der Ereignisse deuteten. Die Ermittler bekämen nun ganz pragmatisch jeweils einen Auftragszettel mit der zu verfolgenden Spur. Peter Henninghaus sollte einen Heiler und Wunderdoktor auf ihrem Heimatplaneten Saturn vernehmen. Dessen Wohnmodul, welches sich hoch oben direkt unter der Glaskuppel befand, besaß sogar eine Holzfassade. Der Hausmeister klingelte und stellte einen älteren Herrn als Heiler Doktor Wilhelm Faust vor. Die Wohnung war systematisch in einen Wohnbereich, ein Labor und eine Behandlungspraxis aufgeteilt.

"Was darf ich für sie tun?", fragte er mit leiser Stimme und bat die Besucher mit einer Geste, sich in die hellen Holzsessel zu setzen.

"Es ist nur eine Routineermittlung", ließ Henninghaus keine Nervosität aufkommen.

"Uns interessiert alles, was mit ihrem Auftritt als Schwereloser zusammenhängt."

Hass loderte in den Augen des Mannes auf: "Machen

Sie doch eine Urlaubsfahrt ins Reich der Gravitonen. Aber lassen Sie mich bitteschön in Ruhe."

Das Reisebüro trug den beziehungsreichen Namen: "Click-In" und offerierte Reisen an die "Photonen-Strände ausgewählter molekularer Traumwelten" und "Huckepack-Reisen auf den Megawesen der Nautik, der Fröhlichkeit und des Humors". Henninghaus holte den Ausschnitt des benachbarten Sonnensystems aus der Jackentasche und zeigte auf die nunmehr in ihrer Gravitation gestörte Ecke des Weltraums. Sie hätten gerne auf molekularer Ebene eine Beförderung dorthin. Das wäre nur per "Photon-Surfing" möglich. Die Reise könnte unweit des Reisebüros angetreten werden. Ein gewaltiger Lift mit einem Reiseanimateur als Fahrstuhlführer war das Tor zur gebuchten Fahrt. Nach der Ticket-Kontrolle standen sie mit anderen Touristen im Aufzug.

Der Portier rief die verschiedenen Reiseetagen aus:

"1. Stockwerk: Welt der Megawesen, Huckepacktouren und Studienreisen."

"2. Stockwerk: Atomkernwandern, Touren zwischen Neutrinos und Quarks."

"3. Stockwerk: Surfurlaube im Meer der elektromagnetischen Wellen, mit Ausflügen zu den Strudeln der Gravitation."

Oberst Henninghaus und Silva fassten sich bei den Händen und betraten im dritten Stockwerk die Schleusenanlage.

In riesigen Sälen saßen und ruhten die biologischen Körper der Reisenden. Eine junge blonde Ärztin begrüßte das Paar strahlend und gratulierte zum Reiseentschluss. Routiniert bediente sie die Apparatur und zauberte zwei durchsichtige Lichtgestalten in die Ecke. Langsam wurden diese virtuellen Leuchtkörper den biologischen Figuren der Reiseanwärter ähnlicher. Dann setzte Frau Doktor Peter und Silva die obligatorischen stählernen Daten-Übertragungs-Hauben auf, so dass die Informationen der Gehirne als Miniaturisierungen gespeichert werden konnten. Langsam fingen die "Virtuellen" an, ihren Ebenbildern ähnlicher zu werden. Plötzlich quatschten die Kunstkörper über Kriminalfälle und dass sie Täter finden würden, damit die Bevölkerung auf NK2788 wieder mit normaler Gravitation leben könnte. Silva merkte wie ihr Bewusstsein langsam zu der künstlichen Gestalt hinüber glitt und sie ihren biologischen Körper als Gegenstand betrachten konnte. Enttäuscht stellte sie fest, dass nunmehr Hände und Arme durchsichtig waren. Die Reporterin streckte ihren blinkenden Arm aus und berührte den Tisch - ja, Gefühl war da - alles klar. Nicht weit von ihr stand Oberst Henninghaus nunmehr auch als virtuelles Wesen sichtbar.

Langsam formte Silva die Worte: "Worauf haben wir uns jetzt wieder eingelassen?"

Doch die Ärztin lächelte: "Wenn sie öfter mit uns reisen, dann werden Sie ihren neuen Körper genießen. Gönnen Sie ihrer Bio-Hülle einfach mal eine Pause mit viel Pflege und Ruhe."

Der Animateur für Surfurlaube holte sie ab und stellte ihnen die anderen Teilnehmer vor. Alle Großregionen waren vertreten: Bürger der marsianischen Polgegend, Leute vom Jupiter, sogar eine Asiatin vom Planeten Terra. Silva vermisste das Segel am Surfbrett und wurde ausgelacht, es ginge hier ausschließlich um pures Wellenreiten. Rasend schnell kamen die Lichtwellen heran, doch nach einem wackeligen Start machten Silva und Peter im E-Feld-Ozean eine gute Figur. Selbst der Surftrainer war überrascht wie gelenkig sie das hohe Tempo meisterten. Plötzlich blinkten Warn-Bojen, die Seezeichen rieten von der Passage des dahinter liegenden Seegebietes ab. Silva und Peter schwenkten ein und enterten einen Gastronomie-Dampfer, an dessen Deck der Kapitän die Lage erläuterte.

"Wie Sie wissen, besteht die Gravitation aus sich langsam fortbewegenden Strudeln, die alle Teilchen vom Elektron bis zum Atomkern in Richtung des sie absendenden Stoffes ziehen. Seit kurzem sind im Sperrgebiet künstliche Rieseninseln aufgetaucht, die permanent gegenläufige Antigravitations-Strudel aussenden und dadurch jegliche Massenanziehung aufheben."

Langsam erwachte Diensteifer in Peter Henninghaus: "Kann man weiter an diese Störenfriede herankommen? Der Kapitän zuckte die Schultern und zeigte dann auf eine zerbeulte Fregatte, die aus dem Sperrgebiet zurück schlich.

"Das läuft alles nur per Tauchboot."

So saßen Silva und Peter wenig später in einem Klein-Tauchboot, das sich in der Verdichtungs-Zone einer Zentimeter-Welle versteckte und so fast gemütlich immer weiter in das Sperrgebiet driftete. Die feindlichen Kunst-Inseln schaukelten gemütlich in den Wellenfeldern. Am Horizont kam eine strudelnde Gravitations-Welle in Sicht. Sofort fing die Insel an, sich um ihre Achse zu drehen und erzeugte so eine Spiralwelle, die der G-Welle entgegengesetzt war. Die Wellen hoben sich gegenseitig auf und so als wäre nichts gewesen, zogen nur noch elektrische Wellenfronten vorüber.

"Und nun?"

Ein hinter ihnen sitzender Agent in Bermuda-Shorts und Sonnenweste mit Kettchen um den Hals wisperte die Fortsetzung der Aktion in die Ohren: "Wir machen drüben eine verdeckte Strandlandung und aktivieren die Übertragungs-Einrichtung von dieser Teilchen-Welt in die Welt der Planeten und des Weltraums. Dann sind wir im Bereich des Feindes."

Silva stieß Henninghaus an und wisperte: "Nicht mit mir, die Marine hier braucht uns nicht, wir surfen zurück, checken in die alten Biokörper ein und schreiben unseren Bericht."

Routiniert brachte der Animateur die Surfer retour.

Kurze Zeit später saß Silva bei Monika in der Redaktion und tippte ihren Artikel.

KOLUMNE DER KRIMINALREPORTERIN Silva WITTIG: „Schreckliches erlebten die Bewohner von NK2788, als ihnen die Sonne fast verloren ging und sie nur noch per Raumschlepper ihren Planeten retten konnten. Doch ich kann ihnen versichern, die Schwerkraft-Diebe werden heute von der Dienststelle für interplanetarische Schwerstkriminalität gefasst. Eure Silva Wittig.

Beschleunigte Maßnahmen

Die Story "Beschleunigte Maßnahmen" ist die sechste Episode der Galaktopol-Serie, in welcher die Erlebnisse der jungen Zeitungsreporterin Silva Wittig im Jahre 3000 geschildert werden. Sie schreibt Reportagen über Einsätze von Galaktopol, welches die oberste Polizeibehörde der Milchstraße ist. Oftmals begleitet sie Polizei
Oberst Peter Henninghaus bei dessen Ermittlungen oder lässt sich von ihrer Kollegin Monika Zarthold bei

Abfassung der gemeinsamen Kolumne helfen. Die Rahmenhandlung wird in der ersten Episode "Eine abgedrehte Schiebung am Rande der Galaxie" geschildert.

Die Ärztin behandelte heute im Sanitätsraum des Redaktionsgebäudes alle Angestellten, die an berufsbedingten oder sonstigen Beschwerden kränkelten. Silva spürte noch die Nachwirkungen ihres Ausfluges ins Reich der Wellen. Konkret gesagt, litt sie seit der Transfiguration in einen nur noch virtuellen Körper unter Schwindelanfällen und schlimmsten Konzentrationsmängeln.

"Frau Wittig, bei Ihren kriminalistischen Recherchen für Galaktopol konnte eine Überlastung des Nervenkostüms nicht ausbleiben und ich verordne einen absoluten Verzicht auf Transfigurationen - bleiben Sie in Ihrem biologischen Körper!" Plötzlich piepte der Betriebsfunk an Silvas Gürtel. Die Pförtnerei kündigte einen Besucher an.

"Frau Wittig, ich wünsche Ihnen einen entspannten Tag", lächelte die Betriebsärztin, bevor sie einen neuen Patienten zur Behandlung ins Sprechzimmer rief.

Vor dem Redaktionsbüro stand aufgeregt Monika und konnte es kaum abwarten, Silva davon in Kenntnis zu setzen, dass ein absolut desolates männliches Exemplar der Spezies Mensch in ihrem Büro wartete. Das Häuflein Elend am Ecktisch war der Agent, dem sie im U-Boot bei der Annäherung an die feindlichen Antigravitations-Schiffe begegnet waren. Henninghaus und Silva hatten damals die Ermittlungen abgebrochen und dieses Bündel Mensch vor ihnen war dann durch ein Gate in das Zentrum des Anti-Gravitators eingedrungen. Der Agent hielt sich mit keinen langen Vorreden auf und kam gleich zur Sache.

"Die neue überlichtschnelle Transferstrecke zwischen den galaktischen Räumen steht nunmehr zur Verfügung und wir können ins politische Zentrum des Schwerkraft-Diebes reisen."

Nach vielem Hin und Her trafen sich Silva, Henninghaus und Agent 087 bei einem Shuttle, welches halb Galaktopol zu einem antriebslosen aber überlichtschnellen Raumtransporter bringen sollte. Silva war etwas abwesend, wie ein Kind im Weihnachtsmärchen saß sie mit offenem Mund da und hörte staunend, dass es nunmehr möglich sein sollte, beliebig zu beschleunigen - beschwerdefrei - wohlgemerkt. Denn der Raumtransporter hatte Anti-Trägheits-Kabinen mit jeweils vier Sitzen, so dass der Komfort in Kleingruppen richtig kuschelig war. Sie hatten Glück, denn der "Inspektor für Technik" saß als vierter Passagier in ihrer Kabine.

Nun gab es Lernstoff in kleinen Häppchen: Sie würden momentan zwei nagelneue Technologien hautnah miterleben. Die Anti-Trägheitskabinen und die neue galaktische "Autobahn". Das Netz von "Rennstrecken" durch die Milchstraße funktionierte ziemlich einfach, entlang der Bahnen sind Einrichtungen zur Raumexpansion positioniert, die im Takt nacheinander jeweils starke Raumdehnungen, vergleichbar einem kleinen Urknall, bewirkten. Raumtransporter wie dieser hier sind quasi die Fahrkabinen, die sich in großer Zahl gleichzeitig an einem Ort auf die Fahrt begeben. Zusammen mit dutzenden anderen Transportern würde es in der Nähe des Saturn losgehen, dann nach einigen Tagen wird die hundertfache Lichtgeschwindigkeit alle Raumschiffe zum Planeten befördert haben, dessen Bevölkerung die Gravitation der Nachbarplaneten gestört haben soll. Während Hans begeistert das neue Verkehrsmittel schilderte, informierte der Blick aus dem Fenster, dass der Transporter zusammen mit vielen anderen beschleunigte. Saturn und Sonne verabschiedeten sich aus dem Gesichtsfeld und konnten nur noch unter den vielen anderen Sternen und Planeten geraten werden.

Der Lautsprecher dröhnte: "Achtung, Durchbruch durch Lichtgeschwindigkeit in wenigen Minuten, Lichtschutzvisier herunter klappen!"

Hastig kippten sie ihre Visiere runter, als auch schon der gesamte Transporter in einen gleißend hellen Lichtschein gehüllt wurde. Danach war optisch außen kaum noch etwas Vernünftiges zu erkennen, überall nur täuschende Lichtbruchstücke. Hans war inzwischen beim Thema "Trägheitsaufhebung" angelangt.

"Wenn ein Körper sich bewegt, muss er alle Wellen, aus denen er ja besteht, für jeweils den neuen Ort umsetzen, wie bei einem riesigen Umzug. Es wäre so, als ob ein Schallereignis auf Reisen ginge, und dabei alle Töne und Geräusche behielte, auch wenn es um Ecken ginge. Nun - bei diesen neuen trägheitslosen Personenbeförderungseinrichtungen ist es gelungen, das "Schallereignis", sprich die Personen-Kabinen des Transporters, gegen die äußere Fortbewegung abzuschirmen. So wirken auf die Gesamtkonstruktion des Transporters zwar Trägheitskräfte - doch die Passagiere merken nichts davon, weil sie dagegen abgeschottet sind."

"Na, prima, dann wissen wir ja Bescheid."
Kaum hatte Silva sich zurückgelehnt, um nunmehr die Reise zu genießen, da klang aus dem Lautsprecher die Ansage, dass sich der Transporter seinem Ziel nähern würde. Der Planet wirkte aus der Entfernung sogar

ganz wohnlich und die an die Passagiere übermittelten Daten wiesen eine sauerstoffreiche gesunde Atmosphäre auf. Eine Rotte flinker Militärjets begleitete sie beim Anflug. Auf einem Behelfsflugplatz war die Landung der Kriminalbrigade Galaktopol erlaubt worden. Die Bewohner sahen wie Menschen aus, trugen aber viele Transplantations-Organe sichtbar außen am Körper. Diese Leute waren ärgerlich und wünschten - nachdem die automatischen Übersetzer sich auf die Kommunikation eingestellt hatten - eigentlich nur wieder den Abflug der Kriminalisten. Henninghaus teilte mit, dass Galaktopol den Planeten nach unerlaubten Produktions- und Sendeanlagen durchsuchen wolle. Man hätte den Verdacht, dass durch hiesige Organisationen die Aufhebung der Gravitation in der Nähe von zwei Nachbarplaneten verursacht worden wäre.

"Na, dann sucht man", murmelte Silva leise vor sich hin und konnte sich nicht im Geringsten vorstellen, wie die Operation auf fremdem Himmelskörper stattfinden sollte. Um Hans, dem Inspektor für Technik, sammelten sich inzwischen Trupps mit mobilen Fernsteuereinrichtungen. Dann gab Henninghaus per Kopfnicken ein Zeichen: Plötzlich bewegten sich aus den Laderäumen der Transporter riesige Scharen von Robotern, die anscheinend auf eine gewissenhafte Kontrolle der Bevölkerung programmiert worden waren und nun in Richtung der wabenartigen Häuser marschierten. Sie huschten zwischen Menschengruppen hin und her, ließen sich Tascheninhalte und Wohnungen zeigen, sendeten unermüdlich Daten an die auswertende Zentrale. Langsam formierte sich der Hauptkeil der Untersuchungskräfte in Richtung eines Gebäudekomplexes und schon kam die Kapitulation. Der Anti-Gravitator übergab den Schlüssel der Stadt an Henninghaus. Silva dachte sie wäre im Film - und doch war es Realität des Jahres 3000.

"Und nun düsen wir mit 100facher Lichtgeschwindigkeit wieder zum Saturn?" Sie sollte Recht behalten. Monika holte die endlosen Kolonnen der Polizei-Brigade Galaktopol vom Raumflughafen ab und begleitete Silva in die Redaktion.

KOLUMNE DER KRIMINALREPORTERIN Silva WITTIG: "Schnellste Reporterin der Galaxie" - hieß der Wettbewerb - und die Redaktion des DAILY SATURN ist stolz, dass gerade wir es waren, die auf dem funkelnagelneuen Highway der Milchstraße mit 100facher Lichtgeschwindigkeit alle andern Zeitungshäuser hinter uns gelassen haben. Eure Silva Wittig, Ringstadt, Saturndepartment 98455. Saturn, den 5. November im Jahre der Galaxie 2955."

GalFü

Die Story GalFü ist die siebte Episode der Galaktopol-Serie, in welcher die Erlebnisse der jungen Zeitungsreporterin Silva Wittig im Jahre 3000 geschildert werden. Sie schreibt Reportagen über Einsätze von Galaktopol, welches die oberste Polizeibehörde der Milchstraße ist. Oftmals begleitet sie Polizei-Oberst Peter Henninghaus bei dessen Ermittlungen oder lässt sich von ihrer Kollegin Monika Zarthold bei Abfassung der gemeinsamen Kolumne helfen. Die Rahmenhandlung wird in der ersten Episode "Eine abgedrehte Schiebung am Rande der Galaxie" geschildert.

Monika wartete vor dem Krankenhaus in einem kleinen

von einer künstlichen Sonne erwärmten Park und genoss Duft und Anblick der blühenden Rosen und Stauden. Ein Pärchen Methan-Enten schnappte nach Käse-Brot-Krumen des gestrigen Abendbrots. Aus der Lazarett-Pforte traten Peter und Silva mit Kopfverband. Kaum konnte sie ihren guten Bekannten und ihre Kollegin begrüßen, als bereits eine Taxe heran preschte.

"Na, klappt ja bereits mit der Fernwirktechnik per Gedankentelefon", lobte der Taxifahrer und Monika starrte sprachlos in die Gesichter ihrer Freunde.

"Du hast es gut Monika, du hast keinen Mikrochip im Schädel. Ist etwas gewöhnungsbedürftig, aber die Krankentrainerin hat uns schon auf Gedankendisziplin gedrillt", gab Peter eine erste Information.

Ihr ungläubiges Staunen entgegnete er mit einer kleinen Vorführung, indem er den Plattenspieler der Taxe per Gedankensignal einschaltete und die Lieblingsplatte von Monika wählte. Vor dem Gebäudetrakt, in welchem sich das Großraumbüro von Peter Henninghaus befand, klinkte sich die Taxe in den Lift ein und entließ ihre Fahrgäste direkt vor dem Flureingang. Es war herrlich, wie von Geisterhand öffnete sich die Sicherheitsschleuse, ohne dass der Zahlencode für den Türöffner eingegeben werden musste.

Der Stellvertreter von Peter Henninghaus bat händeringend um Verzeihung, dass er ihn und Silva über deren Köpfe für einen Dienst eingetragen hätte. Silva bat um einen kleinen Vortrag, was denn überhaupt Sache sei. Die gesamte galaktische EDV war auf eine neue Software namens GalFü umgestellt worden, welche auch eine Umorganisation des gesamten Führungssystems umfasste. Alle Dienststellen auf Planeten-Ebene werden nunmehr über GalFü vernetzt und geleitet.

"Ihr könnt euch denken, wie die Software für Galaktopol nun heißt: GalFüPol".

Die Revolution war perfekt. Alle Stellen, welche Dienste anweisen durften, konnten nun Aufgaben per GalFüPol ins Netz stellen. Jede Abteilung und deren Mitarbeiter hatten sich auszusuchen, welche Aufträge und Missionen sie bearbeiten wollten. Auf die verlangte Stundenzahl mussten sie allerdings kommen. Da alle anwesenden galaktischen Beamten das Zeitkonto der Abteilung wenig gefüllt hatten, gab es vorweggenommene Jobs für Erkrankte oder Beurlaubte. Der Kollege ließ den Dateimanager mit den angebotenen Polizei-Aufträgen als Holografie im Raum schweben: Drei Millionen Einträge! Doch die Nachfrage nach Jobs und Stunden entsprach diesem Umfang.

"Sag schon, was hast du für uns gebucht?"

Er pointete auf den Eintrag: "Begleitung von Regierungsmitgliedern des galaktischen Zentralgestirns, die den Planeten Saturn besuchen, durch Beamte und Angestellte der Dienststelle Galaktopol."

Peter Henninghaus guckte noch etwas fragend: "Es gibt also   einen Besuch der Regierung unserer Galaxie Milchstraße und Silva und ich sollen diese hohen Persönlichkeiten auf ihrer Sightseeing-Tour begleiten?"

Da sich nur der Minister für "Sicherheit und Kriminalitätsbekämpfung" sowie die Ministerin für "Öffentlichkeitsarbeit" samt Mitarbeiterstab angemeldet hätten, wird sich der Aufwand noch in Grenzen halten, beruhigte der Kollege. Die Galaktopol-Roboter würden von der Automaten-Abteilung bereits vorbereitet. Da Silva und Peter nunmehr über Fernwirktechnik per neuronalem Mikrochip verfügten, sollte es eigentlich ein Kinderspiel sein, eine kleine Leistungsshow mit den Robotern vorzuführen. Monika verstand kaum noch ein

Wort, wollte Peter und Silva auch nicht einfach alleine der Arbeitswut des Kollegen überlassen. Sie betraten nach einer längeren Fahrt mit der behördeninternen Bahn die technische Abteilung, eine überdimensionale Werkhalle voller Roboter, Laborplätzen und Übungsstrecken. Ingenieure eilten auf die Eintretenden zu und informierten darüber, dass Silva und Peter jeweils einhundert Automaten modernster Bauart befehligen würden.

Das Training begann: "Bitte um Denkdisziplin! Farbfelder betätigen! Zahlenfelder betätigen!"

Aufgrund der zu erwartenden Aufgaben arbeitete Silva gedanklich mit einer visuellen Benutzeroberfläche. Sie konnte eine Art von Laser-Pointer gedanklich auf ein Auswahlmenü richten, welches als Holografie in ihrem Hybridgehirn schwebte. Zusammen mit den Robotern und einigen Kollegen aus der technischen Abteilung operierten Silva und Peter in einem lokalen Netzwerk. Die Einhaltung von Denkdisziplin und die Navigation auf der virtuellen Menütastatur einer Holographie, die aus aufgestapelten Bildschirmen wie in einem Überwachungsstudio bestand, waren die ersten Schritte in eine neue Denkwelt aus Telepathie und Telekinese, die der implantierte Mikrochip im Schädel ermöglichte. Wenn Silva teilweise nicht weiter wusste, konnte sie die Holographie in ihrem Gehirn durch eine von ihr gewählte Figur erweitern, die dann - so oft sie wollte - die Bedienung demonstrierte. Es war eine Lehrer-Figur, wie aus dem Wilhelm-Busch-Archiv, die ihr nun beibrachte, durch die visuellen Sensoren der Roboter zu blicken oder per umgrenzender Linie aus einer wirren Ansammlung von Automaten eine geordnete Formation zu bilden.

Monika stieß ihre Freundin an und meinte: "Du siehst

richtig blöde aus! Kannst du bitte für einen Moment den Mund wieder schließen und normal gucken?"

Da Wahrnehmungen über eigene Sinnesorgane nur ein Datenstrom unter vielen waren, dauerte es einige Zeit, bis Silva wieder mit Monika Kontakt aufnahm. Irgendjemand rief, dass sich die Raumschiff-Flottille der zentralen Regierung der Galaxie Milchstraße näherte. Sie traten hinaus auf den Exerzierplatz der Abteilung und blickten durch die gläserne Kuppel hinauf zum Himmel. Eine schier unendliche Reihe von Raumschiffen hatte die für Raumsprünge erforderliche galaktische Straße für Hochgeschwindigkeit verlassen und bremste sich mit Vorwärtsschub in die Umlaufbahn ein. Fern am Horizont landeten dann die Raumschiffe aus einer anderen Welt. Für alle Zuschauer war es fast unbegreiflich, dass es sich immer noch um eine Menschenwelt handelte und dass zwei der ranghöchsten Funktionäre der galaktischen Menschheit gleich nah vor ihnen stehen würden. Der Chef von Polizeioberst Peter Henninghaus blickte zur Uhr und informierte, dass die hohen Gäste in einer Stunde auf dem Platz des Großmarktes von Ringstadt eintreffen würden und jetzt vielleicht die beste Gelegenheit wäre, sich mit den beiden Kolonnen der Roboter auf den Weg zu machen.

Silva stieß nunmehr Monika in die Seite: "Du, ich muss die Roboter wieder auf Trab bringen."

Sie gab wie beim Basistraining in Raumverteidigung einen virtuellen Laut von sich und die Automaten signalisierten Aufmerksamkeit. Wer Tabellen erstellen kann, kann auch Roboter führen. Sie markierte mit einer leuchtenden Schlaufe, wer gemeint war, definierte vorne und hinten, dann noch "Vier nebeneinander, alles folgt" und "Marsch!". Etwas rasselnd und grölend zogen die beiden Kolonnen wie zwei Kompanien des alljährlichen Schützenfestes oder Schlachtenbummler des Ringstadt SV durch eine Hauptstraße zum Gelände des Großmarktes. Silva und Peter ließen ihre Automaten vergleichbar mit römischen Kohorten als Blöcke antreten. Aus der Tunnelöffnung strömten bizarre Transportschlitten, die von Überwachungsfahrzeugen der Verkehrsstaffel eskortiert wurden.

Monika blickte ihre Freundin an: "Man kann ja gar nichts erkennen, die hätten wenigstens eine Tribüne aufbauen sollen."

"Warte es ab, die Zentralregierung denkt an alles", bemerkte Peter.

Kaum gesagt, erhob sich eine riesige Wolke von kleinen schwarzen Fliegen oder Teilchen und sammelte sich dann zu einer kleinen Anhöhe. "Intelligente fliegende Nano-Teilchen", informierte fachmännisch ein Arbeiter der Roboter-Werkstatt. Jetzt stiegen die Minister aus den Transportschlitten - besser gesagt - sie flossen heraus. Die administrativ tätigen Bewohner des zentralen Planetensystems besaßen zwar noch einen menschlichen Kern, sahen aber für die Bewohner von Ringstadt, einer großen Verwaltungsstadt des Planeten Saturn, sehr fremdartig aus. Der Körper bestand aus einer mobilen Rechen- und Sendeanlage, die mit einem überdimensionalen menschlichen Gehirn neurologisch verkoppelt war. Um dieses Rechenzentrum herum, lag ein mobiler Fließkörper, der mit Hilfe von mikroskopisch kleinen mechanischen Teilchen Gliedmaßen aufbauen und bewegen konnte. Die beiden Minister hatten Kraken-Körper gewählt und gestalteten ein freundliches Begrüßungslächeln.
Der Bürgermeister höchstpersönlich forderte das Mikrofon und begrüßte sowohl den hohen Besuch als auch die Einwohner der Region Ringstadt: "Sehr geehrte

Frau Ministerin, sehr geehrter Herr Minister, liebe Bürger und Freunde, es ist mir eine wunderbare Pflicht, Abgesandte der galaktischen Zentralregierung anlässlich der Einweihung des nagelneuen Führungssystems GalFü begrüßen zu dürfen. Spaß und Pflicht, zwei Säulen auf denen nunmehr die auf eine Billiarde Exemplare angewachsene Menschheit ihr weiteres Streben aufbauen wird. So ist es aber nicht nur eine Darbietung aus fernen Planetensystemen, sondern auch die Präsentation einer typischen Verwaltungsstadt des Planeten Saturn für unsere Besucher. Die Show soll beginnen mit einer Vorführung unserer wichtigsten Behörde: Galaktopol, die für kriminalistische Ermittlungen und Verfolgungen auf galaktischer Ebene zuständig ist - und dazu gut verdrahtete und programmierte Roboter benötigt. Oberst Peter Henninghaus und seine Assistentin Silva Wittig werden die Roboter Kolonnen führen. Viel Spaß!"

Silva blickte aus den Augenwinkeln zu den Automaten von Peter hinüber und stellte fest, dass er mit ihnen ein Marschprogramm absolvieren wollte. Sie wählte lieber tanzende Bewegungsfiguren wie bei einem Karnevalsumzug - so blieb eine lockere Formation erhalten und die Automaten drehten und tänzelten bei der Bewegung.

Rot klickte plötzlich eine Vorrangmeldung in ihr virtuelles Gesichtsfeld. "Hier Roboter 2113, ich nehme Gefechtslärm und den Geruch einer Laserwaffe wahr!"

Tatsächlich schien es so, dass aus einer Seitengasse heraus, Banditen in Schußposition kommen wollten.
Peter Henninghaus übernahm jetzt auch die Führung ihrer Roboterkolonne. "An Gefechtsfeldrechner, Lageanalyse und Entscheidungsvorschläge!"

Die gesamte Holographie wurde von der Antwort des

Rechners eingenommen: "Robotermauer vor der Anhöhe mit den Besuchern hochziehen!"

Als hätten die Automaten auf die Anweisung bereits gewartet, bildeten sie vor der Ehrentribüne eine Doppelreihe, auf die wiederum die anderen Roboter-Kollegen kletterten, so dass nach einer Minute die Regierungsmitglieder gegen den Angriff aus der Seitengasse geschützt waren. Einige gepanzerte Limousinen von Inspektoren der Dienststelle Galaktopol rasten heran und nach kurzem Handgemenge konnten die Banditen abgeführt werden. Peter ließ die Automaten wieder in zwei Blöcken antreten und die Minister applaudierten wegen der spannenden und lehrreichen Vorführung. Für eine Viertelstunde waren noch Fototermin und Pressekonferenz angesagt. Silva drängte mit Peter und Monika nach vorne, um zumindest einmal einem galaktischen Minister die Hand zu schütteln. Es war schon toll, Rasan Kappa, der Minister für Ordnung und Sicherheit, streckte den angetretenen Reportern zwanzig Hände gleichzeitig entgegen und formte über deren Arme zwanzig individuelle Begrüßungsgesichter. Polizeioberst Peter Henninghaus war - so sagte es jedenfalls Rasan Kappa - ein alter Bekannter, sogar Schulfreund von Peter gewesen. Auf der Karriereleiter wäre es dann etwas auseinander gegangen, da Rasan aus einer angesehenen sehr wohlhabenden Familie mit langer Tradition von Politikern entstammte und sich bereits frühzeitig einen modernen Körper leisten konnte. Silva wagte es und fragte, ob er auch Gefühle kennen würde. Rasan wurde etwas verlegen und ließ eine leichte Rotfärbung um sein elftes Gesicht zu. Die Probleme der Menschheit seien so enorm, er wäre gezwungen alle Kapazitäten zu deren Bewältigung einzusetzen - manchmal bliebe eine verschwiegene

Erinnerung - mehr nicht. Es gab noch ein "Hallo" und "Tschüss", dann war die Begrüßungsprozedur beendet und der hohe Besuch verschwand im Tunnel, um den Rückflug anzutreten. Etwas benommen blickten sie den leuchtenden Raketentriebwerken nach, die sich langsam der Schwerkraft des Saturns entzogen. Im Büro konnte der Job auf dem GalFüPol-Bildschirm abgehakt werden. Silva und Monika telefonierten mit der Redaktion, um eventuell die Kolumne über den Besuch zu einem Leitartikel zu erweitern.

Grünes Licht für den Leitartikel von Monika Zarthold und Silva Wittig: LASERSCHÜSSE AM GROSSMARKT. "Besuchstag am Großmarkt von Ringstadt. Banditen hatten diese Menschenansammlung mit einem Selbstbedienungsladen für den Erwerb von galaktischen Talern verwechselt - nichts da. Das Klicken der Handfesseln tönte über den Markt und die Gefängnisbehörde kann sich über Arbeitsmangel nicht beschweren. Selbst Rasan Kappa, der Fürst des zentralen Planetensystems, freute sich, schwenkte unsere Zeitung und himmelte meine Freundin und Kollegin Monika Zarthold aus lockenden Augen an. Eure Silva.

Hans und Siegfried die Straßenmusikanten

Blaulicht flackerte sich widerspiegelnd in den noch nicht verbarrikadierten Schaufensterscheiben. Selbst Sterne des klaren kühlen Nachthimmels schienen etwas bläulich mit zu blinken. Das Sanierungsgebiet sollte gegen seine Dezimierung durch Luxusbebauung verteidigt werden. Der Widerstand hatte sich vermummt und stand revolutionsbereit hinter Barrikaden aus Altautos und Sperrmüllsesseln. Es waren vermutlich jüngere Volksmassen aus der gesamten Republik.

Hans, ein älterer Typ aus dem Viertel, formte Gedanken zur Lage der blau blinkenden Staatsgewalt: "Keine Lust oder es laufen noch Friedensverhandlungen mit den Unterstützerinnen des autonomen Widerstandes?"

Die Rufe wurden kecker und reichten von "Haut ab!" bis zu "Feuer und Flamme für diesen Staat!".

Hans und andere Gaffer warteten fast gelangweilt auf die Attacke der stur in ihren Fahrzeugen verbleibenden Beamten.

Wenn das so ist, dann konnten die Revoluzzer auch anders. Die Meldung war durch, die Halstücher wurden bis unter die Augen hochgezogen.

Eine schwarzhaarige junge Frau - "Mutti, kannst du heute Abend Sheila nehmen, wir demonstrieren." - war auf das Dach eines Schrottautos geklettert, schwang eine extrem große rotschwarze Fahne und rief: "Alles für alle und das umsonst!" Steine flogen in ungesicherte Schaufensterscheiben und gaben den Weg zu kostbaren Delikatessen und Spirituosen frei.

Das Gewissen von Hans war komplex und simpel zugleich, zumindest ungewöhnlich. Er hatte so eine delinquente Gewohnheit entwickelt, die ihn klar in die Kategorie eines Quartalskriminellen eingruppierte. Eine Straftat pro Quartal, nicht mehr, nicht weniger, das war seine Devise. Der Tatrückstand sollte heute trotz aller bürgerlichen Ängsteleien wieder aufgeholt werden. Wenn er seiner Schwäche nicht unterliegen wollte, musste er dort rein, wo die wagemutigen jugendlichen Plünderer mit Riesenpackungen   raus kamen.

Der Laden war dunkel. Fast wie gewohnt, suchte er den Weg durch das Drehkreuz. Im blauen Flackern erblickte er plötzlich Teddybären neben aufmontierten Modelleisenbahnen von Märklin - da, hinter der riesigen Glasscheibe des Schrankes für hochwertige Konsumgüter standen größere Kartons, die etwas Puppenähnliches enthielten. Polizeisirenen heulten, aber die Fahnenschwenkerin hatte ihre Truppen zur Vorneverteidigung fest gruppiert. "Klirr!" Der Wertschrank war geöffnet und Hans eilte mit dem Riesenpaket zu den Kassen. Höhnisch wies ein Jugendlicher den Amateurplünderer im Methusalemalter auf den freien Ausgang hin.

Der Rest war Routine: Einwickeln des Beutepaketes in den Strickpullover, kleines Liedchen aus gespitzten Lippen geflötet und unbeteiligtes Schlendern in Richtung Stadtausgang. Links, rechts, Straße, Radfahrweg, Waldweg. Vor der müden bepackten Gestalt erhoben sich die alten bröckeligen Backsteinmauern eines Hauses für Waldarbeiter. Alle Bewohner waren vor geraumer Zeit zu einer anderen Försterei versetzt worden und hatten ihre Hütte leer zurückgelassen. Die Fenster waren bis auf schmale Zwischenräume mit Brettern zugenagelt. Selbst dort, wo der Anbau abgerissen war, hatten fleißige Verantwortliche eine Mauer hochgezogen. Diese ließ allerdings ganz oben eine Lücke, die mit Hilfe der versteckt gelagerten Leiter routiniert von Hans und seinem Beutekarton überwunden wurde. Bäuchlings zog er die Sprossen rüber auf die Innenseite.

Wer hätte es erwartet? Seine Wohnung leuchtete nunmehr im Lichte eines Kerzenstummels. Zusammenrollen, Augen zu. Zuckend kroch er auf der Flucht durch irgendwelche Traumwelten, zerfließenden Zusammenhängen aus Bäumen und Steinen. Die Sonne hatte sich hinter Regenwolken versteckt, doch ein Specht startete mit einem Schnabel-Stakkato.

Hans riss den Karton auf und staunte. Moderne Jungen wünschten sich Roboter als Spielgefährten. In Luxusausführung lag "Siegfried", der neue Spielroboter aus Yokohama funktionsbereit auf dem Boden. Batterien rein, Fernbedienung auf "ON" und die vorbereitende Programmierarbeit der Hauptabteilung "Spielroboter" erwies sich als mustergültig. Interaktiv diskutierte Hans die Bedienung seines neuen Freundes mit dessen Sprachdecoder durch. Hämmernd ballerte es gegen die Fensterbretter.

"Dir setz ich den Köter rein, du Scheißkerl!", klang es bedrohlich von irgendwelchen Waldläufern.

Seine diskrete leise Flucht zusammen mit "Siegfried" über die rückwärtige Mauer gelang besser als vermutet. Sein Widersacher hatte die Bulldogge inzwischen durch eine Lücke zwischen den Brettern der Fensterverkleidung ins Innere befördert. Der Rest ist schnell erzählt. Zwei arme Gestalten sangen und tanzten unter dem Motto "Hilfe zur Selbsthilfe" an den gewohnten Plätzen der Geiger, Gaukler und Bettelstudenten. Den staunenden Passanten führte das musikalische Duo Tanz und Gesang vor. Am besten klappte es zu den Klängen von "Ihr Kinderlein kommet!"

Wie ein Bandleader schnippte "Siegfried" mit den Fingern und kreiste in den Hüften. Wispernd, dann immer deutlicher, ließ der Roboter seine krächzende Automatenstimme tönen: "Selbsthilfe! Bitte, bitte, gib Geld!"

Der Urgrund des Bösen

Er keuchte perverse Vokabeln aus seinem krampfhaft weit aufgerissenen Mund. Die Schultern zuckten hin und her, während er sich in Gedanken nur das rhythmische Prallen auf die Tischplatte oder gegen eine Betonwand wünschte. Zu spät - die Zwangsjacke war bereits geschnürt und die bulligen Muskelarme des Zuführdienstes verhinderten die Ausübung einer selbstverletzenden Bewegung. Auf der Wache neben der Ausgrabungsstelle standen Zeugen, Kripobeamte, sein "Gegner" und der soeben herbeigeeilte Psychologe um den Tollwütigen herum.

"Mensch, nun krieg dich mal wieder ein! Draußen läuft seit einigen Stunden eine Ausgrabung und der Baggerführer hat einen Beutel mit Goldstücken gefunden - einen richtigen kleinen Schatz - den teilt er sich mit dem archäologischen Institut. Wir kapieren nicht, was deine Randale hier bedeuten sollte?"

Jetzt schüttete sich der momentan in Gewahrsam genommene vor Lachen.

"Darf ich?", meldete sich der Psychologische Dienst zu Wort. "Fangen wir doch ganz von vorne an: Wie war das in deiner Kindheit?"

"Alle hatten gesagt, ich sei zu gut für diese Welt. Meine Mutti riet mir, ich solle zumindest eine Charaktereigenschaft pflegen, die nicht den Geruch von Frohsinn und Menschenfreundlichkeit hätte. Nun, deshalb entschied ich mich für die Kultivierung eines hämischen Wesenszuges."

"Und deshalb wolltest du dem Archäologen die Goldstücke wieder entreißen? Man hört Manches, doch diese Ausrede?", zweifelte der Revierleiter ziemlich unwirsch an Rolfs Motiv, während er sich nachdenklich die Haare bürstete.

"Das Gold gehört mir! Ich hatte es unter den Fliesen versteckt!", trumpfte der Gefesselte auf.

"Es gibt viele Verstecke, doch ein dümmeres hätte niemand wählen können. An der aufgegrabenen Stelle saß jahrelang ein Bettler, dem wir nun einen anderen Platz zugewiesen haben."

"Dies war der Grund meines Wohlbefindens. Fast täglich ging ich an dieser Stelle vorbei und dachte vergnügt daran, dass unter ihm ein Goldschatz liegt und er sich trotzdem bei Wind und Wetter mit seiner Bettelei müht. Oh, selbst jetzt breitet sich bei diesem Gedanken noch ein Gefühl des Wohlbehagens in mir aus."

"Es klingt albern, aber wir haben wenigstens ein Motiv zum Notieren des Vorfalls."

"Bitte alle herhören, nunmehr wird der Einstieg zum Schacht in die Unterwelt unserer Stadt geöffnet", verkündete der Grabungsleiter nach einem Telefongespräch.

Neugierig stolperten alle die Stufen zu einem freigelegten Torbogen hinunter. Die Lampen zeigten einen Tunnel, der in der Vorzeit von den Ureinwohnern gegraben und befestigt worden war. Nach hundert Metern öffnete sich der Gang zu einer kleinen Halle, deren gegenüberliegende Wand etwas runzelig aussah. Dann ging alles blitzschnell. Ein metergroßes Auge öffnete sich blinzelnd und die Wand entpuppte sich als Körper eines knurrenden Untieres.

"Was ist los?", wollte ein Archäologe wissen.

Das Untier war der menschlichen Sprache mächtig: "Ihr sucht hier wieder nach dem Schatz der Nibelungen? Den habe ich in meinen Besitz gebracht!"

"Könntest du uns bitte sagen, wie groß du bist?"

"Die oberste Erdkruste besteht nur aus Riesendrachen. Jeder ist hundert Kilometer lang. Ihr hättet mal meinen Vater sehen sollen!"

"Hat dein Vater nicht gesagt, du sollst immer freundlich und zuvorkommend sein und den Menschen die Schätze herausgeben?"

"Nein, im Gegenteil, jegliche Nettigkeit sollte ich mir abgewöhnen. Er meinte immer, dass Gut sein Dummheit wäre. Doch ich betrüge meinen Papa etwas. Hier habt ihr ein goldenes Geschmeide. Und jetzt haut ab, bevor ich Feuer speie."

"Oh Gott, im Rachen war noch eine Tonne Gold, dieses geizige Untier hat wohl ein Rad ab!", murmelte der Ausgrabungsleiter ärgerlich und enttäuscht, während die Gruppe mit hastigen Bewegungen aus der Unterwelt nach oben krabbelte.

Geht es eckig?

"Geht es eckig?", sorgte sich der Studienreferendar um korrekte rechtwinklige Zeichnungen an der Kreidetafel. "Nein! Die Frage gebe ich weiter", antwortete die Sekundarschülerin von vorne und eröffnete so eine unvorhergesehene ulkige Raterunde.

"Geht es torkelnd?", fragte ihr Banknachbar.

"Ja!"

Den Ratebegriff hatte die Klasse nun kapiert: "Du meinst angetrunkene Pauker."

Das Jubiläum der Direktorin war seit gestern bis Mitternacht vom Lehrer-Kollegium feuchtfröhlich gefeiert worden. Die Lehrkraft blieb gelassen und lenkte zum Thema Geometrie zurück. Nach seiner Ansicht wären die Vorlieben für "rund" und "eckig" in der Bevölkerung etwa fünfzig zu fünfzig verteilt.

Den Schlusssatz notierte die Klasse dann in ihren Ringbüchern: "Bei Einbeschreibungs-Aufgaben ist es vorteilhaft, wenn man den Kreisradius in zwei Ecken des innen liegenden Quadrates zieht."

Keuchend hustete der Referendar. In jenem Semester war Bronchitis durch Kreidestaub Fehlstunden-Renner Nummer eins bei den Unterrichtenden gewesen. Die Sekundanerin an der Tafel mochte die Zeugnisnote "mangelhaft" nicht akzeptieren. Sie bat um eine letzte Chance.

"Gut, dann stelle ich ihnen eine Zusatzfrage", ließ sich der Lehrer und Anwärter für das Höhere Lehramt erweichen.

"Wie sieht die Draufsicht aus, wenn ein Objekt symmetrisch um alle Achsen des kartesischen Koordinaten-Systems gedreht werden kann?"

"Das wäre dann ja wohl ein Kreis!"

Die Klasse und Referendar Meier applaudierten: "Das gedrehte Gebilde war eine Kugel! Und - die hat als Draufsicht einen Kreis!"

EE trifft KKK

Blechern schrillte es durch den Hausflur, als Hauptmieter Kanter auch den Briefkasten von Norbert Ecclesia auf zerrte. Dieser hatte auf seine Bewerbung bei der ENGEL AG eine schriftliche Benachrichtigung erhalten. Norbert erfüllte aufgrund seiner kleinen aber kräftigen Statur die Anforderungen der Personalabteilung hervorragend. Die neue Arbeit wirkte auf den ersten Blick einfach: Vor der Stadtbank am Geldautomaten saß er und hoffte auf mildeste Gaben, die er dann für die kleinen Zusatzkosten eines Profiengels ausgab. Immer wieder presste Engel Ecclesia seine goldene Trompete an die Lippen und warnte so Fußgänger vor dem überall herum kullernden Rutsch-Unrat. Aus der Kassenhalle klang plötzlich Lärm. Ballernd ratterten Revolversalven in die Stuck-Decke mit den antiken Kristalllampen. Das Putzwerk spritzte.

"Geld her! Hände hoch! Keinen Alarm!"

Ecclesia lugte missbilligend durch die Glasdrehtür und sah einen maskierten Rechtlosen bei der Eintreibung seines Zwangs-Tributes. Der Überfall war Sekunden-Sache. Dann Flucht per Kleinmotorrad. Ecclesia folgte tutend und flügelschlagend im Hundert-Meter-Abstand. Der so verfolgte Mister Raub hatte mit Umsteigen gelöst und bestieg lässig den Vorortzug nach WALDSCHLUCHT. Engel Ecclesia klemmte seine Fußkrallen an einer Waggonentlüftung fest und legte die Flügel wie eine aerodynamische Fahrrad-Verkleidung hinter sich zusammen. Ein Stündchen verging und unsere beiden letzten Fahrgäste gingen und schwebten vom Zug fort über den verwahrlosten Kleinbahnhof.

Die Räuberhöhle roch schon aus der Distanz nach verfaultem Holz und Abfall. Für Norbert war die Überraschung perfekt. Sein Hauptmieter in STEINSTADT entpuppte sich nunmehr als ein Klein-Krimineller namens Kanter, der für die Zeit nach dem Raub Unterschlupf und offene Taschen bereithielt.

Dieser öffnete nun auch die untere Türhälfte und fragte: "Auf Sieg gesetzt und dicke abgezockt?"
"Klar, reichlich Investitions-Knete!", entgegnete der Bankendieb.

Engel Ecclesia verlangte Antwort: "Warum?"

"Wegen der ganzen kriminellen Gesellschaft", meinte treuherzig der Robin Hood des Raubes.

"Geldverteilung ohne mich? Das könnt ihr beiden Hübschen mir doch nicht antun?"

Dreierzoff, jeder wollte alles.

Kanter entwarf einen Konsensvorschlag: "Wir machen drei Geldhaufen. Einen Kleinen, einen Mittleren und einen Großen. Den Kleinen kriegt der Engel, den Mittleren der Revolutionär und den Großen bekommt der Teufel! - Der Teufel, der bin ich, euer Meister Kanter!"

Schwupps packte Kanter alles, was er kriegen konnte, in seine große Gesäßtasche. Dann steckte dieser alte Machtmensch ruhig ein Rauchtütchen in den silbernen Abstandshalter. Ecclesia wedelte mit den Flügeln, um die Kiffersmog-Schwaden von seinen Sportlerlungen fern zu halten.

Gerhard Kemme

DIES IST EINE AUTOBIOGRAPHIE, DIE 1945 BEGINNT UND IM JAHRE 2945 ENDET. Es war September 1945. Der II. Weltkrieg in Deutschland war beendet und Flüchtlinge strömten nach Hamburg zurück. Eine junge Mutter presste ihre Tochter an sich und wollte die südliche Elbbrücke überqueren, doch dem britischen Korporal am Checkpoint unter den Backsteintürmen war Mitleid strickt untersagt worden.

"Haut ab!"

Denn nur Trucks der Alliierten durften die Brücken überqueren. Kurz bevor die junge Mutter resignierte, zogen andere Flüchtlinge sie unbemerkt auf die Ladefläche.

Wenig später klopfte sie an die Wolldeckentür ihrer Mutter: "Darf ich reinkommen?"

"Endlich!"

Zur selben Zeit rumpelte ein Kohlenzug aus Gelsenkirchen durch die Nacht. Im Bremserhäuschen saß zusammengekauert ein hagerer Mann im zerschlissenen Wehrmachtsmantel. Kurz vor Hamburg sprang er ab, schwamm durch die Elbe und kam wenig später in der gleichen Wohnung an.

Am 26. Juli 1948 wurde ich dann geboren. Nach dem Holzspielzeug im Kindergarten kam die Schulzeit mit vielen Experimentierstunden in den Fächern Physik und Chemie.

Entsprechend sah der weihnachtliche Wunschzettel aus: Elektronikbauteile und Chemikalien ergänzten die Modellbahnwünsche. „Vom Einmaleins zum Integral" wurde als Standardwerk neben Anleitungen zum Aufbau einer Amateurfunkstation gelesen. Während der folgenden Elektrolehre lernte ich Metallverarbeitung und Schaltschrankbau. Wenn man schon hin muss, dann wird man Zeitoffizier, acht Jahre lang mit hartem Hut. Nach dieser Soldatenzeit folgte ein Lehrerstudium. Ich heiratete und wurde Vater, unterrichtete als Lehrer, arbeitete als Elektriker und tippte Kurzgeschichten.

Irgendwann gründete ich die "No Normalo Partei". Das Manifest dieser neuen politischen Kraft galt als Sensation: Technik, Diskurs und Erkenntnis ebneten den Weg an die technokratische Macht. Der Staatsaufbau war übersichtlich, wie am Reißbrett konstruiert, und sehr durchsetzungsstark. Nie hat es mehr Polizei und Justizangestellte in Europa gegeben. Haftanstalten wurden abgeschafft - an die Stelle von Freiheitsstrafen trat die gerechte, unschädliche Prügelstrafe. Jeder hatte Wohnung und Arbeit. Meldung und Überwachung ersetzten Manipulationen. Nur mit Zweitjobs und Überstunden konnte das Raumfahrtprogramm bewältigt werden. Diese neue Gesellschaft hatte eine Staatsreligion: Als Gott wurde ein übergeordnetes Hypersystem verehrt. Alle anderen Religionen, Philosophien und freimaurerischen Vereinigungen praktizierten nur noch in öffentlichen Versammlungen und Gottesdiensten. Die Besiedelung von Planeten des Sonnensystems schuf personelle Ressourcen und beschleunigte den Fortschritt rasant. Auch Überschreitung der Lichtgeschwindigkeit war bald kein Thema mehr und der Raumflug zu den Planeten ferner Fixsterne wurde Realität. Da nunmehr die Züchtung organischen Gewebes gelang, konnten biologische Lebewesen fabrikmäßig gebaut werden.

Dann der Durchbruch, die Spezies Mensch erlangte die Fähigkeit in künstlichen Intelligenzen geistig zu leben. Einige checkten sich beispielweise in moderne Roboter ein. Es war ein Super-Gefühl gleichzeitig in einem Transplantations-Körper, einem Roboter und in sich selber zu sein. Im Jahre 2038 starb mein Geburtskörper. Bei der Beerdigung war ich natürlich zugegen. Vom Bestattungs-Unternehmer hatte ich mir einen herrlichen Kampfroboter mit silberner Fangschnur, Ordensspangen und einer Kalaschnikow ausgeliehen. Die letzten Blumen warf ich selber auf mein Grab. Dann noch eine Salve und ich war in einer neuen Zukunft ohne alte Hülle gelandet.

Wieder ein Neuverfahren: Die Entwicklung alternativer Datenverarbeitung schuf völlig absurde Lebensmöglichkeiten. Informationsverarbeitung konnte unsichtbar im freien Weltraum durch interagierende

Schwingungen realisiert werden. Dies waren die sogenannten Frequenz-Computer. Da die Menschen inzwischen in Rechnern geistig heimisch waren, konnten Leute sich auch in solche Computer-Welten geistig einnisten.

Viele prophezeiten es, einige rechneten es aus: Irgendwann würde das eigene Hypersystem ein zweites nicht kompatibles berühren. Es kam dann schlimmer als erwartet: Großkatzen sprangen plötzlich aus dem luftigen Nichts und packten sich quer über irgendwelche Straßen oder lümmelten sich auf den Hausdächern. Manchmal reckten sie auch nur eine Pfote aus der Wolke oder streckten ihre Rübe aus dem Nebel. Ich klinkte mich auf dem Sirius in einen nostalgischen Computer ein und erholte mich vom Katzenstress. So sitzt der Autor also im Jahre 2945 vor dem simulierten Internet und hört Oldies aus den 70er und 80er Jahren.

Im Jahre 2945 befand ich mich in einem Cyberspace, der als sogenannter Frequenz-Cyber-Space seinen physikalischen Ort in der Nähe des Sirius hatte. Als Cyberlebewesen kann man eine bloß geistig sprachliche Existenz führen - so als würde man irgendwo liegen und träumen - oder man baut sich langsam eine komfortable und interessante Objektwelt, d.h. Dingwelt, zusammen. So war dann aus einem undifferenzierten Subjekt ohne Gesicht und Gliedmaßen doch langsam ein Wesen geworden, das wie ein überdimensionaler Krake einen Saal voller Computer mit hunderten von Tabernakeln bediente. Doch - wie es im Leben so ist - mit der Zeit wuchsen die Wünsche und ich vermisste einen Kühlschrank mit Coca-Cola und Eis-am-Stil. Aus diesem Grunde verdingte ich mich als Lohnarbeiter in der Cyber-Betriebs-Gesellschaft und musste auf Anweisung prüfen ob bestimmte Marker gesetzt waren oder nicht:

"Gerhard, mach' dies", "Gerhard, mach' das" oder "Gerhard, sag' halt, wenn du die alphanumerische Kombination a#9``Q< erkennen kannst".

Doch so sammelten sich die Cyber-Geld-Punkte auf meinem Konto und ich konnte die umfangreiche Kühlschrank-Software mit einer großen Palette von Geschmacksnerven anschaffen. Die erste Cola schmeckte noch nach Gurke - aber das Geschmacksdesign war änderbar, so dass ich bald den erwarteten Geschmack an einem Körperteil, den ich als Kehle definiert hatte, empfinden konnte.

Wer mich nach Kontakten zu anderen Cyberlebewesen oder auch Menschen gefragt hätte, wäre aus dem Staunen nicht heraus gekommen: Es gab Millionen von Eintragungen, da man auch mit biologischen Menschen kommunizieren konnte, die auf den Planeten des Universums wohnten. Hier befanden sich auch in riesigen Gebäudekomplexen die Betriebsstationen der weit in den Weltraum hinauf ragenden Frequenz-Cyber-Space. Ein Freund von mir war Xaver Krox, der als reicher Fabrikant in biologischer Hülle auf dem Planeten Erde wohnte und mit dem ich mein physikalisch-geometrisches Interesse an der Kreisfigur teilte. Doch eines Tages erreichte mich sein Hilferuf:

"Lieber Gerhard,

die Zustände auf dem Planeten Erde sind so schlimm geworden, dass wir unbedingt einen erfahrenen Politiker und Diktator benötigen, der alles wieder ins Lot bringt. Im Archiv habe ich Folianten gefunden, die sich darauf beziehen, dass du im Jahre 2030 mit deiner No-Normalo-Partei eine technokratische Softdiktatur auf unserem Planeten erfolgreich installiert hattest - Wäre es nicht möglich, solches zu wiederholen?

In Hoffnung auf Deine positive Antwort
Dein Xaver Krox"

Ich will die ganzen Details einer Transformation von einem Cyberlebewesen zu einem Menschen mit biologischer Hüllen, der sich dann auf dem Planeten Erde befindet, nicht in voller Länge schildern - nur so weit: Alle Cyberlebewesen, die aus der Gegend des Sirius kamen, erreichten die Erde als kleine Module, die nur eine geringe sprachlich und visuelle Kommunikationsfähigkeit aufwiesen. Erst nach Ankunft auf der Erde wurden sie dann zu einem Wesen aus Fleisch und Blut. Diese biologische Hülle war entweder ein gezüchteter Menschenklon ohne jeglichen Verstand, der allerdings seine Gliedmaßen bewegen konnte oder aber ein konstruktiver Aufbau des Knochengerüstes. Ich entschied mich für den Aufbau aus Skelett, Muskeln, Gehirngewebe, Organen und Haut, so dass ich täglich zugucken konnte, wie mein muskulöser Körper langsam wuchs. Dann das große Gefühlsereignis: Die Einpflanzung des Gehirnchips. Wer es noch nicht weiß, das organische Gewebe verbindet sich mit allem, auch mit einem Drahtgeflecht - ziehen Sie einen Socken aus feingesponnenem Stahldraht und Wolle an und wechseln ihn einige Monate nicht - was sag' ich, der Socken gehört nunmehr zu ihrem Körper. Jetzt merkte ich langsam, wie ich wieder Kontakt zu einem biologischen Körper bekam. Etwas Krankengymnastik - und ich sah aus wie im Jahre 2006 - nur viel muskulöser und sportlicher.

Ich verließ das Gebäude der Cyberbetriebsgesellschaft und fühlte das gedrungene metallene Gehäuse einer Maschinenpistole beruhigend im Hosenbund. Als Schmuck und Zahlungsmittel hatte ich mir eine Goldkette mit abbrechbaren Münzen umgebunden - der verstohlene Blick in den Spiegel zeigte einen gut aussehenden Mann von 58 Jahren. Die Landschaft, durch die ich kam, wirkte völlig chaotisch und verwahrlost - nichts war mehr intakt, keine Häuser, keine Automobile, keine Geschäfte. Langsam ging ich in Richtung eines fernen Schornsteins, der Fabrik und Wohnstätte meines Freundes ankündigte. Wilde düstere Gestalten liefen überall herum und hatten sich mit irgendeinem Alkoholersatz bis an den Rand des Wahnsinns gesoffen.

Plötzlich wurde ich in eine Ruinen-Ecke gedrängt und sollte die Goldkette herausgeben. Stattdessen bekam er Blei - 30 Schuss - und dann noch ein Magazin. Ich wunderte mich, dass sein hagerer Körper die Geschosse durchgelassen hatte und diese nunmehr dahinter in dem Bretterverschlag steckten. Ein überdimensionaler Müllwagen kam mit Kettenantrieb wie ein Panzer daher: MALMER 9, stand in großen Lettern an dessen Seitenwand und ich nickte in Richtung des Räubers. Die beiden Bedienungsleute waren Mensch-Affen-Hybride und versahen ihr Tagewerk etwas gelangweilt und lässig. Einer warf einen Dreizack-Spieß mit lockerem Schwung in Richtung des blutigen Körpers, während der Typ am Malmer auf den Knopf der Zugvorrichtung drückte. Wie von einem Walfang-Mutterschiff wurde der Leichnam in die mahlende Zerkleinerungswelt des Müllfahrzeuges gezogen. "Thank You!" Erst jetzt nahm ich eine Warteschlange von Kulis wahr, die neben einem provisorischen Schild "Beförderung" hockten. Man konnte sich auf die Schultern eines solchen Läufers setzen und wurde dann in schnellem Trab zu seinem Ziel gebracht.
Fabrik und Wohnhaus des Xaver Krox waren von einer hohen bewachten Mauer umgeben. Ein Türwächter

führte mich in dessen Büro. Xaver war ein lockerer Zyniker, der fast nur noch abfällig über die Zustände um ihn herum sprechen konnte: Zusammenbruch der weltweiten Ordnung, die zivilisierte Welt hatte sich in Wohnburgen gerettet - drum herum das Chaos. Welchen Plan ich hätte, um wieder vernünftige Verhältnisse zu erzwingen? Die Situation war von der des Jahres 2030 völlig verschieden. Damals konnte man an die Bevölkerung noch appellieren und um Verständnis für Maßnahmen bitten. Heutzutage im Jahre 2945 war so etwas vergebliche Liebesmüh. Ich ging wie immer vor: Irgendwann, irgendwo hatte irgendjemand dieses Problem schon einmal gehabt und ich konnte dessen Masche übernehmen. So blätterte und blätterte ich in einschlägiger Literatur über soziale Systeme und entdeckte nichts, bis ich in einem interplanetarischen Versandhauskatalog die Beschreibung eines Klebechips fand, der - nachdem man ihn auf die Stirn geklebt hatte - es ermöglichte, die Arbeiterschaft eines Unternehmens, direkt von der Konzernzentrale aus zu lenken. Ihr könnt euch schon denken, wie fix das dann ging: Leiharbeiter vom Mars liefen mit Säcken von Klebechips überall herum und backten der Bevölkerung diese intelligenten Kommunikationsbiester an die Schläfen. Kurz danach sammelten sich die so Beklebten vor den provisorischen Ämtern, um nunmehr selber Säcke mit den Wunderchips abzuholen und anderen aufzukleben. Mit diesem Schneeballsystem war bald die gesamte Bevölkerung per Funk mit der Hauptzentrale von Xaver Krox verbunden und parierte wie eine disziplinierte Armee. Das gab noch einmal Händeschütteln

"Vielen tausend Dank, Gerhard!"

Ich griente noch einmal und lief zurück zur Bodenstation des Cyber-Spaces, wo ich meine biologische Hülle bestatten ließ und mich wieder in die Welt von Bit und Byte integrierte.

Firma Horch & Guck

"Beine spreizen und mit den Fingerspitzen wechselweise die Füße berühren - und - links - rechts - links!" Sport beim Barras und ich war Vorturner. Knatternd mit Staubwolke näherte sich das Motorrad des Chefs.

"Herr Leutnant, sie sollen sofort zum Chef!"

Sprang auf den Sozius und gurkte ins Office. Dort war dicke Luft: Überprüfung des Standes von Abwehr und Sicherheit. Der Prüfer hatte keinen Punkt auf seiner Liste ohne Mangelhaft.

Mein Chef informierte über die Ursache dieser schlechten Benotung: "Uns fehlt in der Einheit ein Sicherheits- und Abwehroffizier. Sie sollen von jetzt an diesen Job übernehmen."

"Chef, ich bin bereits Sportoffizier."

"Sie sind ab jetzt nicht mehr Sportoffizier, sondern Sicherheits- und Abwehroffizier!"

"Jawohl, Chef!"

Nun konnte eingetragen werden, dass eine Sicherheitskraft vorhanden wäre. Die nächste Frage bezog sich auf den Ausbildungsstand dieser Person.

"Keine Ausbildung!"

"Er wird sofort zum Lehrgang geschickt."

Nun konnte abgeändert werden, dass sich der Verantwortliche in der Ausbildung befände.

Hoch über der Straße wie eine trutzige Burg ragte die Schule für Nachrichtenwesen. Hier lernte ich nunmehr die zentralen Begriffe über den nachrichtendienstlichen Feind und dessen Abwehr. Die technischen Mittel reichten von der Kamera bis zum Abhörgerät. Vorführung einer neuen Horchtechnik im Innenhof der Schulungsburg: Es stand dort eine Ultraschallkanone, die man zwecks Belauschung nur auf eine Fensterscheibe zu richten brauchte, um den fremden Gesprächen im Raum zu lauschen. Langsam schwenkte das Rohr von einer Klassenfensterscheibe zur anderen. Da ging es um Spione, Schlüssel und Schlösser, Geheimcodes und nachrichtendienstliche Aufklärung. Die eine Klasse hatte vermutlich keine Lehrkraft und der Talk ging etwas durcheinander bis eine Schülerin, die vermutlich irgendwo als hochrangige Sekretärin arbeiten sollte, das Wort ergriff:

"Ich bin Freifrau von Hohenstein und unterrichte an dieser Schule Spionagegeschichte. Das heutige Thema ist Martha Hari und ihre Methoden. Haben Sie so etwas schon einmal gesehen?"

Ein Grölen klang aus dem kleinen Lautsprecher der Lauschapparatur.

Himmelsaugen

Der Zeigestock piekte in die modellierte Sandlandschaft: "Sie hier, ihre Gruppe da, werde selber bei diesem Schuppen sein, Fahrzeuge ins Kastenwäldchen!"

Dann beförderte der Chef mit einer Greifarmstange zwei Soldatenfiguren auf einen Pappkirchturm, wies auf mich und meinen Banknachbarn: "Sie beide als Beobachter oben auf den Kirchturm!"

Dann die meistgenannte Frage mit Schlussresultat: "Noch Fragen? Keine!"

Draußen hatten die Fahrer unsere gepanzerten Särge ratternd vorgefahren und wir saßen schneidig mit viel Gepäck und Waffenmechanik auf. Im Gegensatz zu den dichtgedrängten Kameraden genoss ich jede Fahrt in dieser technischen Militaria-Umgebung. Das Funkgerät piepte und wurde von nervösen Sendeversuchen zu Brummgeräuschen veranlasst. Wie bei jedem Großmanöver lamentierte im Hintergrund ein Störsender, dessen Sprecherin vermutlich irgendein Parteiorgan oder vielleicht auch ein Telefonbuch vorlas. Der Fahrer riss an beiden Lenkbremsen und unser Vehikel kam schlingernd zum Stehen. Wir standen vor einem weißen Kirchengebäude, dessen Statik durch einige Fachwerkbalken verbessert wurde.

Kettengeräusche und knattern des Auspuffs ließen einen Herrn im schwarzen Anzug aus dem Kirchenschiff kommen, der sich freundlich als Pastor der Gemeinde vorstellte: "Fast habe ich auf sie gewartet. Immer, wenn es im Gemeindeblatt heißt, übende Truppe kommt, dann wird der Turm von euren Beobachtern geentert. Nehmt man euer Gepäck und klettert einfach oben hoch."

Über dem Glockenstuhl war noch eine Plattform mit idealen kleinen Ausguckfenstern. Kaum war Funk eingeschaltet, wurden wir von einer sonoren Stimme gerufen.

Die Artillerie hatte ihre Stellung bereits zackig bezogen und wartete nur auf die Meldung ihres Beobachtungstrupps: "So, gebt mal eure Geländespinne mit Entfernungen durch!"

"Jaa, eventuell die Straße da und die Brücke?"

Der Richtkreis-Mensch kriegte seinen Rappel: "Wenn

du hier die Ansage machst, dann wisper nicht so figge-
rich rum. Trennung. Ganz was anderes, sind Frauen da
bei euch oder junge Mädchen?"
"Nein, wir melden uns, wenn sich was ändert", klinkte
ich mich aus dem Funkkreis aus.

Am Abend zuvor war Manövervorabend gefeiert
worden, noch einmal Bratkartoffeln mit Zwiebeln und
Frikandellen, dazu reichlich Gerstensaft. Die Folgen
zeigten sich nun. Aus den Verpflegungskartons bas-
telten wir eine Bedürfnisanstalt, die sehr an eine überdimensionale Katzentoilette erinnerte - mit zerrissenem
Packpapier als Einstreu. Das ging dann zu wie bei den
Haubitzen, ein Donnergrollen folgte dem anderen. Wir
wechselten uns ab. Später kam eine Information über
den "Feind", der sonst eigentlich auch in unserer Unterkunft beheimatet war. Richtiger Aufwand war da
getrieben worden: Mit Landungsbooten durch die
Fehmarnbelt-Sperren und dann Kampflandung und
jetzt hörte man das ferne Brummen ihrer Sturmfahrt.

"Jetzt gibt der dicke Manni wieder Gas und brettert
wie ein Irrer durch die Felder", sinnierte mein Kumpel
über die "Feind"-Situation.

Tatsächlich gab die Dämmerung einige stählerne
Kolosse frei, deren Position ich mit Vorhalt an die Artillerie verpetzte. Es wurde gewunken und "Übungs-
ende" befohlen.

Die Ehefrau des Pastors streckte ihren Kopf durch die
Luke, sah mit einem strahlenden Lächeln die Hinter-
lassenschaften und beruhigte uns mit einem frohen
Seufzer: "Da habe ich gerade überlegt, woher ich den
Dung für den Pfarrgarten nehmen sollte. Wenn ihr bitte
alles zum Blumenbeet tragen könntet."
Später als unser Panzersarg - nunmehr mit offenen
Luken - in Richtung Kaserne ratterte, drehte ich mich

noch einmal um und winkte dem Pastor und seiner Ehefrau zu, die uns nachlächelten. Zwei Welten waren einander begegnet, etwas wehmütig war der Abschied, aber - wie gesagt - jeder hat seinen Job.

Schmal denken, breit fahren

Fern aus Köln kam der Marschbefehl, der mich zur Panzertruppenschule bewegte: Umerziehung eines Infanteristen zum "Panzermann". Mit großen Augen aber gelehrig fand ich mich als Richtschütze hinter zwei Kurbeln mit Druckknöpfen und gaffte durch die enge Optik mit den Markierungen. Das wellige Gelände brachte unserem Fahrer, einem Zivilangestellten der Schule in blauer Montur, richtig Spaß und wir waren immer fix in unserer Stellung, die dann in den nächsten Tagen auch mit Ernstcharakter zu beziehen wäre, wie es der Inspektionschef, ein Major, auszudrücken pflegte. Ach so, dann gäbe es ein Gefechtsschießen und alle Dienstränge könnten beobachten, wie vortrefflich der Oberleutnant an der Optik seine Ziele wegputzen würde. Doch noch war es nicht so weit. Über Funk kam die Anweisung, dass unser Tank aufgrund einer Übungsanweisung einen Treffer bekommen hätte und wir nach unten das Fahrzeug verlassen sollten. Am Fahrzeugboden existierte eine Klappe, durch die man hinauskrabbeln konnte. Nach deren Öffnung glitzerte uns eine Wasserpfütze tiefschwarz entgegen. Peter, unser eingeteilter Kommandant, redete dem Fahrer gut zu, ob der denn einige Meter weiter fahren könnte, weil dort das Heidekraut trocken wäre.

Die Niedersachsen haben ihre Ruhe - er hatte seinen

Sitz herunter gerastet und erforschte bereits das Stullenpaket seiner Hausangestellten: "War ein Befehl der Leitung, können wir nicht gegen an!" Als gelernter Infanterist machte ich es vor und wühlte mich wie ein Torpedo durch das Sumpfloch, welches am Wochenende auch von Heidschnucken frequentiert worden war. Schließlich standen drei junge Offiziere außerhalb der stählernen Karosserie und sahen etwas pikiert dem sonstigen Gefechtsgeschehen zu. Ein Wimpel schob sich langsam über die Bodenwelle - der Inspektionschef persönlich wollte unsere Meldung. Leutnant Peter Müller fasste sich ein Herz und meldete Fahrzeug und Besatzung als ausgefallen. Irgendwie aus Fürsorge für seine Besatzung fügte er noch die Frage hinzu, ob wir eventuell zum Duschen und Umkleiden in die Unterkunft marschieren könnten. Der Kommandeur musterte den Kameraden Peter und sagte: "Gut, dich nehme ich mit zum Duschen!"

Der Turmadler

Dienstreise, wie üblich in Zivilklamotten. Nach Passage der bayerischen Staatgrenze wurde es ernst, ich schloss die Lektüre eines gehobenen Blattes aus dem Hause Springer ab, wischte noch einmal die Essensreste vom glattrasierten Kinn, dann wechselte dieses Prachtexemplar einer aufstrebenden jungen westdeutschen Generation vom Speisewaggon zum Abort und zog sich seinen - so war es befohlen - Ausgehanzug an. Die Offiziersreise erster Klasse fand an der Wache der Luftlandeschule ihr Ende.

Vierzehn Tage Trockenübungen und dann eine

Woche Sprungdienst waren angesagt. Jeder Übungsabschnitt musste bestanden werden. Das erste Martergerät war schon von weitem zu sehen: Der Sprungturm. Über mehrere Ebenen hatten die Teilnehmer des Springerlehrganges im Laufschritt bis zu einer Öffnung hinauf zu sprinten, um dann mit beiden Füßen gleichzeitig im Schlusssprung unter penibelster Beachtung der Körperhaltung und mit geöffneten Augen abzuspringen. Vier Meter freier Fall, dann rissen die im Schritt zusammen laufenden Gurte einen in eine andere Schmerzenswelt, die durch die danach an den Wangen zusammen schlagenden Seile um noch einen Superschmerz erweitert wurde. Auf einer schrägen Seilbahn glitt der Übungsturmspringer nunmehr dem Erdboden entgegen und musste auf Zuruf seine simulierte Kappe so bewegen, dass der Schirm nach rechts oder links gedriftet wäre. Unten angekommen, wurden die Fehler besprochen - das waren wohl annähernd zwanzig Kriterien und bei den ersten Sprüngen hatte ich nicht ein einziges fehlerfrei erfüllt.

"Mit ihren zusammengekniffenen Augen sehen sie jedesmal wie ein scheißendes Frettchen aus", lautete das Feedback des Ausbilders, der mir später als Absetzer das Zögern per Fußtritt abkürzte.

Doch nach dem Frühstück ging die Ausbildung am Sprungturm weiter. Die ersten Supersportler meldeten sich bereits zum Dienstschluss ab - sie hatten alle Kriterien fehlerfrei erfüllt, während ich mit immer weniger Leidenskameraden den Turm hinauf keuchte, mich mental konzentrierte und dann doch vom Ausbilder vernahm, dass ich nicht nur untalentiert, sondern schlichtweg "zu doof" wäre. Irgendwann war ich allein, der einzige Lehrgangs-Teilnehmer, der den simulierten Sprung aus dem Turm noch nicht bestanden hatte. Die gesamte Ausbilder-Crew wartete ungeduldig nur noch auf eine Glanzvorstellung von mir, dann wäre Feierabend. Da konnten sie lange warten. Während des Sportunterrichtes hatte ich früher meine Raucherpause am Eckkiosk gegenüber dem Schulhof genommen.

Plötzlich - völlig unverhofft - ein Werturteil: "Heh Leute, El Blindo hat bestanden!"

Dann zu mir gewandt: "Hau ab du Sack, das war ja wohl das Letzte!"

Doch der Ausbildungsleiter hielt mich noch fest und meinte ich müsse für diese einsame Glanzleistung einen Orden bekommen, den ich während der nächsten Tage am Revers zu tragen hätte.

"Hiermit ernenne ich sie zum schlechtesten Lehrgangsteilnehmer und verleihe ihnen den scheißenden Turmadler in Bronze!"

"Vielen Dank, Herr Feldwebel, werde mich bessern!"

Anhang

Gerhard Kemme, geb. 1948 in Hamburg, gelernter Elektromechaniker und ehemaliger Offizier, hat zwei Staatsexamen für das Lehramt an berufsbildenden Schulen und war zeitweise technischer Redakteur. Lebt in Hamburg und widmet sich besonders seinen Interessen: Wissenschaft, Psychiatrie und Internet. Schreibt hauptsächlich Science-Fiction-Storys und hat zahlreiche Kurzgeschichten unter seinem bürgerlichen Namen im Internet und in Anthologien publiziert.